爱，用什么打造

琼永 著

广东省出版集团
花城出版社

图书在版编目（CIP）数据

爱，用什么打造 / 琼永著. -- 广州：花城出版社，
2011.8
　ISBN 978-7-5360-6271-9

Ⅰ．①爱… Ⅱ．①琼… Ⅲ．①长篇小说－中国－当代
Ⅳ．①I247.5

中国版本图书馆CIP数据核字(2011)第157246号

责任编辑：温文认　林　菁
技术编辑：易　平
装帧设计：刘　欢

出版发行	花城出版社
	（广州市环市东路水荫路11号）
经　　销	全国新华书店
印　　刷	佛山市浩文彩色印刷有限公司
	（广东省佛山市南海区狮山科技工业园A区）
开　　本	880毫米×1230毫米　32开
印　　张	6.375　1插页
字　　数	150,000 字
版　　次	2011年8月第1版　2011年8月第1次印刷
定　　价	15.00元

如发现印装质量问题，请直接与印刷厂联系调换。
购书热线：020－37604658　37602954
欢迎登陆花城出版社网站：http://www.fcph.com.cn

目 录

第一章　为妻治病

第一节　没钱住院 / 1

第二节　第一次住院 / 5

第三节　盗骷髅骨 / 10

第四节　中奖风波 / 14

第五节　第二次住院 / 25

第六节　富翁借钱 / 30

第七节　各为其母 / 36

第八节　各怀心事 / 38

第二章　第三者插足

第一节　初次见面 / 45

第二节　邂逅 / 48

第三节　一顿晚餐 / 52

第四节　连夜寻夫 / 57

第三章　爱的礼物

第一节　结婚纪念日的礼物 / 63

第二节　又卖摩托 / 66

第三节　开鞋店 / 71

第四章　韩门不寒

第一节　住下一个打工仔 / 79

第二节　婆媳变脸 / 84

第三节　韩父呕血 / 90

第四节　醉打老婆 / 96

第五节　红杏出墙／107

第六节　捉奸／114

第七节　复捉奸／119

第五章　奔向富裕

第一节　分葡萄／127

第二节　神秘的贵客／131

第三节　飞来横财／134

第四节　谁在婚姻上划一刀／138

第五节　改行／141

第六节　日进斗金／145

第七节　洋房汽车／149

第六章　暴穷

第一节　生意冷淡／155

第二节　卖车卖楼／158

第三节　海鲜店倒闭 / 163

第四节　逼债上门（1）/ 167

第五节　逼债上门（2）/ 170

第六节　为儿治病 / 173

第七章　平平淡淡

第一节　一滴太阳 / 177

第二节　重新打工 / 180

第三节　接手鞋店 / 184

第四节　偶遇 / 188

第五节　一家人上街 / 195

第一章　为妻治病

第一节　没钱住院

妻子病重，医生让住院，押金六千。韩其心一下没了主意。

没钱，只好携妻先回家。

妻卧床上露出苍白的笑容，她把他的手放在自己的手上，然后静静地睡去。医生说已经严重，再不治疗恐怕要来不及，但是，钱……

妻的病痛是阵发式的，没有规律，有时走着坐着都能疼得直不起腰，有时又跟没事儿人似的；好像又有规律，时常半夜三更把人痛醒。他小心的守在床前，看着她熟睡的脸，默祷她今夜能够睡个通宵觉。

六千块，从何而来？他一个小小干部，几百块的月薪，一家三口的生计本来就难以为继，加之前两年投了公家的套房，这两年妻子老赶医院抓药治病，确是有家没底，入不敷出。怎么办呢？他想到卖房；没了房，他可以露宿街头，只要妻能好，可是他们的儿子呢，儿还那么小，不能跟着他露宿街头啊。

这些天，丈母娘老唉声叹气，老有些埋怨，怨自己命苦，怨女儿命不好。话虽没有说白，他仍能听出那点怨气里的意思。那年，她女儿本来可以嫁一个姓钱的个体户的儿子，媒人都说到家里来了，看着一摞一摞那么些聘礼，两个老人喜得合不拢嘴，但是，女儿不愿意。"冲他那模样，正常不正常还两说呢，他那叫钱多锋的弟弟跟他长一般模样，不也是不太正常吗？"这点儿意思她没出口，只闷在葫芦里。

说到这钱多锋也真是的，看人就直勾勾，叫人害怕。有个事不知是真是假，据说有次他表妹来，在他家的卫生间蹲小便的当儿，冷不丁卫生间的门开了，她还没来得及尿完搂起裤子，就被这破门进来的钱多锋从后面抱起。"你要干什么？"她喊，"你疯了，你疯了。"其时家里已经没别人。"我要你，我要！"呼哧着，不管不顾地把她抱到床上。她在挣扎厮打中咬了他一口，他哎哟着松手。她没命地逃，逃掉了一条长裤。这事儿后来"公审"，那长裤是不见了，可有她留给他臂上的一圈牙印为证。

你说这是人是畜？弟弟这样，一个模子的哥哥能好到哪儿去？她不敢想，心下却为此闷得不行，父母逼得越紧，葫芦里那点儿意思闷得越慌，至于闷出气来：是我嫁是你们嫁？谁要觉得他好，谁嫁给他得了！父母见左劝不行，右劝不行，一咬牙，使了绝的，要逼他们生米煮成熟饭。那天，父母约那钱多锋的哥哥来，这是父母最后的要求，说是"这次见面后，你再不答应嫁，我们就不再为难你"。她只好答应在家见。但是，她很快感到势头不对，母亲像是很紧张，父亲的神态也不对。果然钱多锋的哥一到，父母就马上把他们推进房里，然后慌慌张张地关门。亏得她眼疾手快，一手抓住门板，却被"嘭"的一声夹在门框，她哇哇大叫，外面才松了门。她哭着冲出家门，直冲到韩其心那儿，拉着拽着韩其心要跟韩其心出走。他劝她想明白喽，她便骂他没心肝，那时他刚有了工作，走是走不得的，于是，他把她藏起来。后来，还是叫她娘发现了，便拽她回去，锁死在一间小房。然后他连夜偷偷地撬窗，把她"偷"了出来……现在，那个个体户的儿子也成了个体户，芒果种了上百亩，香蕉种了百几十亩，发了。"钱都堆起有山高了。"丈母娘时不时在他耳边嗡嗡。他也相信这个人称"钱多多"的个体户确是有钱，可是还单着身。知道文芳的情况后，钱多多愿意帮忙，只要她肯叫人家老娘一声娘。这话是丈母娘捎回来给妻的，不幸让他偷听了，当时，他把一双眼都闭死，隔着篱笆他听到妻骂丈母娘多事儿。

叫他老娘一声娘，是我媳妇你媳妇？什么话！当晚，他和她吵了一架，结婚以来最大的一架，原因是该给儿子穿这件衣服，而不是那件。她发了很大的火，他也发了火。半夜，他一个人起来坐在黑乎乎的客厅里面愣怔，他感到自己的窝囊，是啊，他一个大男人不能救自己的妻子，人家却能。既然人家能救妻子的命何必还在乎妻子去叫人家的老娘是娘、老爹是爹呢？他似乎有些想开了，可是依妻子的脾气是永远不可能的，她宁可去死。他从来都是她生命中的唯一，从来！倒过来，他却不能说她从来都是他生命中的唯一，他爱过一个女人，在她之前。那女人很高贵，他的朋友都这么说。高贵女人喜欢偎在他的怀里呢喃，说他听不懂的浪漫故事，然后撅着小嘴骂他傻，然后勾着他的胳膊逛街，一件一件地在服装店里给他试衣服。他爱她，他记得她讲的一个故事，说是有一间红屋子飘在半空中，住着两个人。问，叫什么屋？"屋就是屋，能有什么名字？"他说。"爱情屋！傻！"一个指头戳到了他的脑门。屋子飘啊飘，问，屋子怎么会飘？"不知道。""傻，那是两颗会飞的心。"

飘到一个甲天下的山水之地,问,什么地方?他不大去听这个故事,却又怕她看出来会不高兴,于是假装想想,说:

"不知道。"

"猜猜喔。"她苹果一样的脸绯红得好看。

"伦敦。"

"错。提醒一下,国内的。"

"那,那,故宫。"

"咳!故宫哪有山水?"

他只好摇头,他的意趣全不在上面。

"笨,是桂林!"一个指头又戳过来……

她要他带她去桂林。"刚刚才从中山陵回来,又要去桂林,我有几个钱够你折腾!"他不高兴了。于是吵架,于是她含着泪走,嫁给一个当官的。出嫁那天,他哭了,险些为她殉情。

"雪静!"这个名字连同那张苹果脸在电击雷鸣中破碎。也许,他命中注定是不能匹配高贵女孩的,贫穷如同一堵无形的墙,硬生生地隔开了一对有情人:他,韩其心,在墙的这头哭;她,雪静,在墙的那头哭。无形墙的无情在于它能让这头的人听不到那头的人的喊,这头的人看不到那头的人的泪,于是喊够哭够之后,两个有情人只能相互背叛,各归其命。雪静找到自己的归宿以后韩其心逐渐从一种情绪中自拔出来,但有一种情绪他却如何也拔不出来,那就是对自己的恨。他恨自己窝囊,以致女朋友要多走几个地方的愿望他都不能帮着实现。这种恨是痛苦的,它像一块巨石重重地压在一个男人的身上,使他难以喘息。

现在,这种痛苦的使人难以喘息的恨又来,他连妻子的住院押金都支付不起,妻的命岌岌可危地悬在了他这根细若游丝的线上。"韩其心啊韩其心,你还像个男人么?"想起雪静的骂,他的心抽搐了一下,整个人又掉进自恨的苦痛的泥潭中。不能再想了,他觉得在妻面前想另一个女人是对妻的背叛。妻的呼吸很均匀,他轻轻地把自己的手从妻的手里抽出来,然后小心翼翼地将妻的手放进他的手心里……

夜很深很沉,周遭死寂死寂,一个五十岁上下的女人从一个熟睡小孩的身边爬起,熟睡小孩就是韩其心的儿子,女人蹑手蹑脚地从这间房走到那间房,她想看看可怜的女儿。女儿躺在床上,表情痛苦地扭曲,显然疼痛已经发作,但是,见母亲进来,慌忙示意母亲轻点儿。女儿的床前趴伏着女婿,已经睡着,女儿的手还在他的手里,一动不动。"这是谁护理谁?"母亲不听女儿的,心里暗道:这双苦命鬼,穷鬼!一句声,韩其心立即警醒过来,他大约睡过去不久。

妻疼得厉害,于是,连夜又送医院,医生说得住院观察,他求医生先安排住院,押金明天再交,但是,医生不肯,说那不合手续。妻于是吊了几瓶又回来。

第二节 第一次住院

韩其心的爱人病情加重,可还是没有住院的钱,他急得跟狮子一样在家里冲进冲出,妻子越劝他别急他越要急,这一急还真急出了办法:借;一个一个地借着拼凑——没有办法的办法。

第一想到的是与他最要好的两个朋友:"何干部"和"仇酒

鬼"。他迈出了脚步。

太阳在东边天露出了诡异的笑脸,那霞光便披在树冠上,爬上人家的窗台,泻在车水马龙的街面。韩其心从这条街穿过那条街,那诡异那笑便加强,于是霞光消逝了她的霞红,投下明晃晃的让人摸不着的东西。在一条深深的小巷,一座高楼的底层,透过一扇没有安窗的空窗,人们可以看到里面空荡荡的。城里就是这样,外表高贵而内里虚空,一切都虚空。韩其心两手空空地从何干部、仇酒鬼那里回来。

谁没有个临时急难?何干部、仇酒鬼就不止一次地向他借过,一千两千都有;现在倒过来他向人借,人家一个一个都哑了。以前那张口"几千几万都可以"的牛气一下没了,眉头一皱,拉下苦瓜脸,成了为一日三餐发愁的主儿。韩其心有点听不下去,可只能忍下去听那"捉襟见肘,时常为了一块活命钱夜不能寐"的苦诉。听那没完没了的苦水的汩汩声,倒不是他要给你借,而是你应该给他借。韩其心也知道,自己一个月几百块的薪,人家是怕他还不起。但是,他寒心。

知心朋友!

不借也就算了,那何干部还给他出了个馊主意,让他移埋一座坟,坟前立一块碑,认那坟中"人"是自己祖宗,然后那祖宗是韩信的后裔,这样自己也就是韩信的后世子孙了,说这样可以募到捐。馊!韩其心没听完起身就走。

回到医院,医生同意只押金两千,但是,才几天,医生给下了一份催款通知单:已经欠费五百来块;再不填上,院方明天就要停药。他求医生可怜可怜,宽限一天,人家说这是院方的规定,谁也做不了主。他低了头，毫无表情地坐回妻的病床前。

妻不是雪静，是文芳，文芳不说旅游，但她也有愿望，有，他知道。每次看到同伴买回来一辆女式摩托车，他的文芳总要过去看看，摸摸，试试，唠唠。她知道几乎每一种女式弯梁车的款式、性能、价格。这点儿秘密瞒不过他，但是，她从没在他跟前说起，反倒时不时的要缠问他喜欢哪一款哪一牌的男式摩托。男式摩托？哪一款、哪一牌？他说了，漫不经心的。她便说这一款这一牌太便宜，要贵一些的，然后把眼睛睁得大大的——他知道她又在幻想什么了。事实上，买一辆女式，再一辆男式，这真的是个幻想，文芳是他妻，他明白她的那点心事。"等有了钱，先买一辆女式吧？"韩其心说。"女式？"文芳眨巴几下眼睛，然后点头："嗯！——那么，从现在开始攒钱，一、二、加油——"击了韩其心的掌。结婚几年，他的可怜的芳还没有为自己要求过什么……如今，她的这点儿可怜的埋藏已久的小小愿望不但要化为泡影，就连她的病她的命都要在自己的眼皮底下拱手交还给上帝……韩其心啊韩其心！

与妻同病房的是一个交警大队长的妻子，人家的病床前人来人往，有拎苹果橘子的，有提红牛可乐燕窝的，有直接送红包的，说说笑笑，像办什么喜事儿，很闹；妻子的病床前则冷冷清清。在这样的病房住着，小病都会闹成大病，韩其心几次要求换房，医生都说没有空床位。他和妻只有这么受着。妻子有时叫他跟谁跟谁借，有时又心疼他东奔西走，她把他的手捂在自己的两只手里，叫他不要跑了，"兴许这样出院就会好的。"他流了泪，有点儿哽咽。亲戚们能借的都已经借了，不能借的也碰回了一鼻子灰，朋友呢，朋友！父亲就说过要想交这个朋友下去，就不要向他借钱。也许老人家是对的,何干部、仇酒鬼现在还能交吗?但是,亲戚而外再想不到别的什么人,搜索枯肠后,他还是要想到朋友。

  他想到了老张。想当年他给他借了一千块钱,正是仰仗千把块钱的本他才在偏远小镇摆起地摊,从此成了生意人。一千块,七百是自己的工资,积年攒月从牙缝里抠出来的,三百是父母托买肥料的,他拿去借人,差点儿没被父母打折了腿。那一年,他们家地里的稻子就黄不溜秋……如今人家已经是百万富翁,谁还记得这个?好几年都不来往了,现在突然找借,人家肯么?他踌躇了。妻子在病与钱的矛盾中微微笑着,话也不多说,有时又在梦中呓语"中了中了"的:妻是彩迷。家里还有一个小孩。他不能没有妻,孩子也不能没有妈;他不能消沉,否则这个家就垮了。他决定还是找老张试试。

  在老张家。

  "哟,老韩呀!坐坐坐。"百万富翁说。他不知道是照原的叫他老张,还是叫他张老总,只是嗫嚅着坐在人家指定的一张布艺沙发上。人家是百万富翁,穿的是"七匹狼"男装,提的是高档的手机,客人很多,支他坐下后,没工夫等他嗫嚅,就跟别的客人说话。张百万话音很大,笑声爽朗,时不时会对旁的人用命令的口气。他听出来了,这些是他的民工头。一个大约是仆人身份的十来岁的小姑娘给他递过一瓶可口可乐,他把它放在面前的茶几上,没去开瓶,一个人就这么干坐着候着。

  这是三层楼的底楼客厅,一百八十平方米,高阔明亮,地上铺着大块的大理石,南北两面沿墙各置一套沙发,很气派。由于宽敞,客人虽多也不见挤。韩其心看见对面墙上悬着两幅大幅的油画和水墨画，是两所偏远小学赠送的，上面写着感谢张百万捐赠多少万的话，韩其心看着上面的字，一字一字地看着读着，像是得到了什么保证。

丈母娘从医院那头给他来电，说妻子吐白沫，之后又晕过去，已经进入抢救室，医生说……

张百万再没有垂顾他，举着手机打着打着就出了门，后面簇拥上一屋的人，不一会儿，有上小车的，有上摩托车的，都出去了。偌大的客厅只剩了韩其心一个客人；韩其心决不定留下来等还是就这么走。小姑娘走过来指指茶几上的可口可乐让他开了喝，并且告他有什么事可以给老总打电话。他摆摆手，脸偏在一边，然后起身走人。走出门不远，他再也控制不住自己的眼泪，拐进一个墙角旮旯抽泣抹泪。抹完，还是拿起小灵通，拨通了张百万的手机。通话的时候，他听到自己的声音有点儿哽，调控一下，不太成功。

人家由手机那头说没时间说事儿，让有事儿明天再说，他只好回到医院。刚到医院，妻被推出抢救室，然后转入重症观察室……下午转入普通病房。在病床前，看着妻那一脸的苍白和医生递过来的停药通知书，他一句声也没有吭。

明天三更天就到张百万那里候着人家起床。

天快亮的时候，周围的宅楼还朦胧在熹微的晨光中，巷道寂寂的，连一个狗的影子都没有。天气有些凉，他裹了裹身子，瑟缩着站在张百万的院门前，时不时地往里张望。许久，一楼大厅里的灯亮了，厅门开了出来，只见那个小姑娘操着扫把在扫地，从厅里扫到厅外走廊边。他不敢叫人家，直等人家扫完来开院门他才招呼。小姑娘让他进客厅坐着候，他答应着进去了，一个人坐着。不久，二楼响起了手机音乐声，和弦，很响，把静的黎明撕破了。有人接了，他听出来，是张百万，嘟哝着，然后逐渐清晰，逐渐大声，在手机里说了许久的话才下来，下来时提着手机仍然说。见人家下来，他恭恭敬敬地站起身，人家于通话中见了他，可是头也没点一个。说了半天，终于挂了，忽然才见似的过来跟他握把手，问他什么事，他说了，人家以百万富翁的身份给了他回话，只两个字：没钱。然后撇下他，匆匆走了。韩其心几乎走不出人家的大门。

丈母娘来电：文芳又晕过去……

坟头插花（1）

这几天在医院，文芳老闹鬼，有一夜，半夜吧，她醒来时却见窗外站着个鬼影，她惊叫起来，那鬼影一闪不见了。丈夫起来抱她哄她，说是这世上没有鬼，所谓见鬼是她精神恍惚所致，可她明明是见到了，穿着黑衣，戴着帽子，吐着红舌。她惊得心要蹦出来。

"鬼，鬼！"她瑟缩在丈夫的怀里喊。丈夫搂紧她，轻轻地拍着她的背。几年前她第一次见鬼，此后就没少见，有一二十次了。她说了丈夫总不信。唉！

第三节 盗骨骸骨

何干部多次到医院看韩其心，对他的无钱救妻表示了一百倍的同情，完了又撺掇他干那移坟立碑的"营生"，说是准保韩家那在苏州干发了的韩大老板韩非会慷慨解囊，"筹上一笔可观的立碑建坟款，然后赚的两个人平分……"正没说完，医生又来向韩其心催补住院押金，他左右为难，终于答应了何干部。

半夜，野外蝉鸣声声，天地漆黑一片，伸手不见五指，天空连一颗星的影子也没有。夜幕下一束电光照着，那是两个人打着电筒在路上一前一后地走，一个是何干部，一个是韩其心。何干部让韩其心熄灭电光。电光一灭，眼前鬼黑鬼黑，连个模糊的影像都看不见，好一阵眼睛才适应了些，见着近处有黑的不明物，有一只流萤闪着微光在远处飞，那里树影幢幢。两个人摸黑不知走了多远，韩其心恐前畏后，不敢稍快一步，也不敢稍慢半步，与何干部不离不弃的并排着走。这是一条深不可测的黑道，两个人在往深里走，也不知走了多深，有死亡的味道被夜风裹着扑在人的脸上，他感到已经到了鬼门关。这时，何干部悄声叫他摁亮电筒，电光一亮，面前现出一堆堆的荒冢，韩其心的心口像怀揣兔子，怦怦跳个不停。何干部让他熄灭电光，然后自己操锄挖起一座坟来。韩其心心惊胆颤地蜷缩在一边，感觉周遭全是鬼。他的牙关打颤了，开始后悔当初答应干这"营生"。

"设若挖着挖着，那坟里的厉鬼跑出来吃人怎么办？"他抑不住这样想。

"摁亮电筒。"何干部压低着声音。

"什么？"他的耳朵嗡嗡的，听得到声，听不到话。

"摁亮电筒。"

听到了，他摸起才抖落地上的电筒，可是找不着电筒开关——手抖得太厉害。何干部停了锄等电光；他费了老大的功夫才摁亮。

又挖。几个回合之后，何干部要他换换手，"不不，不然别挖了。"他战战兢兢地说。何干部笑他胆小，歇过一气，仍然挖。也不知挖了多久，棺木显露出来，何干部用铁锤敲，用铁橇撬，敲一下停一下，听周围有没有异动。韩其心的心一阵阵发寒，电光一次次照歪，有一次还把电筒抖落地上，叫何干部责，才哆嗦着重又捡起。棺盖打开了，忽然，电筒照到一块人骨，接着又是一块。韩其心把眼睛都闭上了，不敢看。

"照好。"声音压得很低。

他正了电光，照在棺口，一颗骷髅骨从何干部的手中拿出，他毛骨悚然，眼睛不敢睁，可是闭着更可怕。一阵风，荒野上窸窸窣窣，他感到草木皆鬼！他其实并不以为这世间真有鬼，他警告自己不要害怕，可眼前确实鬼影膧朦。

何干部把几块碎骨和那个骷髅骨装麻袋里，提起来要走。韩其心却站不起来，何干部过来把他拉起。

按照何干部的设计，麻袋里的人骨是韩非的曾祖父的曾祖父的兄弟的，关于这点马上可以仿个珊瑚石碑以碑文为证；那曾祖父的曾祖父的弟弟就是汉朝韩信大将军的后裔，这个，他回去就可以叫人仿个韩信的令牌为证，他熟这条路。他相信只要有了这块令牌，韩家人包括韩非就会不管三七二十一对这麻袋的骷髅顶礼膜拜。这点儿把握何干部有。

你道何干部是干什么吃的？他家祖宗三代都是盗墓贼。他爷爷盗墓时被墓地里的蛇咬死了，他父亲盗墓盗得一块玉，拿给行家鉴别，说是籽料一般的和田玉。卖了。回头才知是一块来自缅甸的老坑翡翠原石打造的玻璃种翡翠玉，特值钱。他父亲马上要去赎回，买家却跑了，他父亲回来一病不起，气血攻心，从此神志时清时浑,半死半活。母亲为了治他的病,四处寻医问药,四处举债,几次差点儿连自己饿死累死。何干部吸取了父亲的教训,鼓捣起古董来,他没钱倒腾古董,就去人家的古董店这摸摸,那摸摸,又缠着人家教他鉴别仿赝。后来他也成个编外行家,但因为始终没钱倒腾,摸来看去究竟糊不上口,他就混了个干部。可惜这干部混得并不安分,盗墓的传统他还是继承了。

有了一麻袋的人骨,接下来的工作是下葬。坟茔选在一个草木葱茏的林子里,与汉马伏波井遥遥相对。史料记载,东汉建武十七年,光武帝刘秀任命马援为伏波将军,平定交趾(今越南中、北部一带),马援统领以西北将士为骨干的大军南征三载,平定了骚乱,巩固和稳定了汉朝的南部疆土。期间,马援率领的两万多将士驻扎在海南岛西部的儋州洋浦和东方八所、十所一带,他们在此屯军修田,在十所,他们为当地百姓挖掘了一口水井,后人立碑于井边,铭文:汉马伏波井。坟茔选址与此井遥对,这叫钟灵毓秀,何干部以为。骷髅、令牌埋下,坟往高里堆,最后立下那块珊瑚石碑。一切就绪,何干部带着韩其心报喜似的通知韩非家人。

"发现你们韩家一个祖宗了。"韩其心虽然跟了去,话却是由何干部说的。坟是新的,可是韩信的后裔们大喜过望,根本没有注意和怀疑到。

"这座坟怎么会孤零于此?"有个大约是读书的人小心地问韩其心。

"许是老祖宗随马伏波将军征战至此,不幸殉国,又隔洋跨海,不能马革裹尸,就把他安葬在此也未可知。"韩其心正不知怎么答,另一个大约是读书人的韩信后裔替答。其他韩门子孙便都崇敬起他们的老祖宗来。

在一个烈日炎炎的中午,韩族几百孝子贤孙举行了盛大的迁坟仪式和认祖归宗仪式,韩非马上乘飞机携两万块钱回来,其他韩家人也都争着出钱。因为韩非的曾祖父的曾祖父的弟弟是韩其心和何干部发现的,立新碑的事就交给韩其心,何干部因为是外族,赐功劳费五千元。族人还决定,要出资两万新立一块特体面的碑。韩其心知道,一块碑再体面也用不了两万块,正以为可以截下一点给妻治病——哪怕所余部分以后还上——不想钱却没到他手上,不知何故捏在何干部手中了……

可怜韩其心白忙一趟,到头来一分给妻治病的钱都弄不到,还干下这种背祖欺宗认贼作父的勾当,害得自己回到医院几夜几夜都梦见那骷髅骨。

要是祖宗泉下有知,还不知怎么凌迟他这"宝贝孙子"呢!凌迟就凌迟,他不怕死,倒是妻的治病的钱怎么办?他又去求何干部,求他给点儿,或者至少给借点儿,何干部对他摆摆手。

幸而一个与他接触很少长着自己一辈的同事知道了他的情况,主动借了几千块……

韩其心扶着妻子出院时,不知道要笑还是要哭。

第四节 中奖风波

从医院回到家,他躺在床上病了似的,丈母娘才跟妻子"瘦了瘦了"的几句,就进厨房做饭了。妻子也不开心,她忧心那些债。但是,为了不让丈夫看出来,那张苍白的脸总是微微的笑着。

第二天，文芳妈念叨起人家那交警大队长怎么怎么的风光，人家那老婆住院又是怎样怎样多人来看，又念叨到女婿的朋友，念着叨着，叹了一声，"不是铁哥儿们么，遇到真事儿咋就跟避瘟似的？住院那么久，钱也不借，病也不探，还'铁'呢，铁到哪儿去了？穷，人家那是瞧你老公穷，看不起你喽！"女儿被说哭了，求她别这么说，这当儿，房门咿呀一声，韩其心从外面回来了。

他在客厅倒开水，倒好，水杯搁茶几上，还烫，不能就喝，又从口袋里摸出烟盒来，点了一支。

"妈，气六儿园。"孩子不满三岁，从西厢房门走出来，两只小手揉着眼睛，嘟噜着。他把"去幼儿园"说成了"气六儿园"。

"什、什么？你、你说什么？再说一遍。"做母亲的奔过来蹲身攥住儿子的两只小臂，发现黄金似的两只放亮的眼睛定定地盯着孩子。

"气六儿园。"孩子说，他的双臂被攥疼了，嘤嘤地哭了起来。

"七六二园，对，园就是零，是七六二零，七六二零！老公，儿子让买七六二零。"彩迷的妻子中了似的跳起来，差点儿没跳摔磕在茶几角上。做母亲的人了，又刚刚从鬼门关出来，而能跳起来，真个是中邪使的！

丈母娘早从厨房里赶出来，一面搂抱起吓着了的她的外孙，呵呵地哄着拍着，一面责骂着自己的女儿。韩其心全没理会地坐在一张旧得有些松动了的荔枝木沙发上喝他的开水，抽他的烟，懒洋洋的，没心没情的。烟完，起身踱踱，从厅到房，这间，那间，来来回回。90平方米的套房，总觉得太大，投时却是几个规格里最小的。三间房，一间空着，什么也没有，客厅是常年没客的，要把丈

第一章 为妻治病 15

母娘算客才勉强叫客厅，里面靠墙一张沙发，一张茶几，沙发和茶几并不配套，对面墙边是结婚时买的已经用旧了的彩电。由于摆放太少，厅里显出空旷，他有时就想张百万家的客厅怎么那么大，这该有多浪费，要是当年有比 90 平米更小的他准不要这一套，那样扣的钱就没那么多，手头就没那么紧。

晚上九点开奖的时候，韩其心不在家，母女俩一直瞪在电视机屏幕上，眼睛眨都不敢太眨。女儿这次买了好多钱的"7620"，满怀热望。从科学上说，中奖是万一的事情，万一的希望谁也知道是极其微茫的，但如果你看到电视机前那一双双热盼的眼，你怕也会认为不中奖才是万一的。开奖以后，做母亲的跳骂不满三岁的儿子，另一做母亲的一面责怪女儿异想天开，乱糟蹋钱，一面搂紧自己的外孙。

韩其心不相信万一的东西，他觉得万一就是奇迹，奇迹是不可求的。但是，生活的奇迹有时就发生在这些不相信奇迹的人身上，那是后话。

买彩票使本来就寒的韩家雪上加霜。一天，丈母娘提来几个苹果，文芳很高兴地给孩子削一个，给丈夫削一个，削完丈夫的，孩子已经吃完自己的，韩其心不舍得吃，就给了孩子。孩子接过来，文芳就骂，说是孩子没良心，说是吃多了会坏肚子。丈母娘看在眼里，直摇头。韩家几个月都没见过水果了，韩其心连一双袜子都舍不得钱。

摇完头，丈母娘又唉声叹气，又怨骂女儿。没有办法，文芳不买彩票了，说要摆个烧烤摊，那个挣钱，但是韩其心不让，说那样熬夜，她的身子骨会吃不消，于是文芳去自选商场当售货员，时常加班到很晚才回来。文芳好容易康复，加班没几天，脸色又有些转黄，母亲心疼她，让她别加班了，韩其心也几次劝她不要再上班，告假休息几天或者干脆辞了，她的身体不能不让人担心。他不知道她加班，因为他回来得更晚，时常到凌晨两点钟她睡熟以后才回来。他也加班？她有些疑惑，想问问他，但是他每天早出晚归，她醒来时很少看到他，她没问的机会。母亲提醒她注意一下自己的老公，说是男人结婚三四年是很容易生出外心的，别自己没日没夜忙死累活老公却在外面寻花问柳。她听得生了气，责母亲话多了，并说自己的老公自己知道。母女俩因此吵了一阵的嘴。过没几天，母亲又跟女儿叽咕起女婿出轨的事，还说了秦世美的戏，结论是女人不能过度操劳，"到得香消玉殒，谁也不会心疼你，重要是保住容颜，迷住老公。"说得文芳心里很不踏实，但是，她仍然相信自己的老公，老公不是秦世美，断不会做出对不起她的事。只是，人的定力是有限的，同样的话说多了，她也会有些动摇。是啊，他怎么老加班，而且到那么晚，以前从没这样。

"是不是单位活儿忙，老加班？"有一次她小心地问。他说不是，单位的同事叫喝茶、打牌，他就去了。她信了。母亲提醒她男人信不得，让她多留个心眼，还说有人在街上见到他跟一个女人走在一起，那女人的个儿、着装很像雪静……文芳的心咯噔一下，没有说什么。

雪静？不会，老公早就与她断绝来往，而且已经情死。情死，怎么可以复活呢？不，老公说忠于她的，他说他这辈子只爱她文芳一个女人了，他亲口说的，他不可能骗她，绝对不会！在这个世界上，她不相信他还能相信谁？她于是不再去胡思乱想，任由母亲说

第一章 为妻治病

破唇舌。

　　母亲是不满足于仅仅说破唇舌的，她还是个行动主义者，这个，有她早年的建树为证。那年，她妹妹嫁了人，嫁过去以后才发现丈夫染赌，后来一输再输，家财荡尽，日子过苦了，做姐姐的就动了唇舌，劝妹妹离。妹妹听那劝，是越听泪越长，可是不成啊，离婚那是说说的吗，离了，嫁谁去？便只是在娘家哭，一天一天的，就是不肯回自家，丈夫来求几次都是白搭。正在村里人言难架，在娘家住得又有点儿不好意思，那点儿气那点儿怨消得差不多，也打算给丈夫一次机会的时候，姐姐神秘而气愤地给她带来个坏消息，说是同村一个寡妇借给她丈夫几千块钱。"那寡妇的邻舍就是我的好姐妹，她亲口说于我的。"实际是姐姐亲上人家家门从人家嘴里抠出来的。她一听，起先只担心在那赌债上，后来经她姐开导，事情就严重了。"你想啊，一个寡妇人家偷偷给一个男人借钱，借了又不讨，这是什么事儿？"姐姐这话一说，她便一愣，二说，她便心里黑了一片，三说，便离婚了。后来嫁个半瞎的。做姐姐的一路也有了劝离本村两对夫妻的成绩，只是，有个不愿离而已离的，路上见面顺手就抽她牛鞭子，正在身上，她不服，与人争吵，这又有了第二鞭子，正在脸上。都有红红的鞭痕。身上那鞭许是留给自个儿记忆的，脸上那鞭怕是留别人帮着记忆的，她果然从此就有了些收敛，不在话下。倒是如今好了伤疤忘了疼，她的这点儿能耐这点儿本事儿又有了用武之地，要在自己女儿身上使。

　　一天，她给女婿洗衣服时，发现他的一件上衣上有一根长头发。这不是女人的吗？可是，女儿蓄着短发，哪儿来这么长的发呢？定是别个女人的，是了，她肯定的哼了一鼻子的气，想是机会来了,拿给女儿一看,女儿还不信。捉奸捉双,干而脆之,来点儿绝的:她决计把这个女人揪出来,让女儿看看,从而解散这桩她本来就不满意的婚姻,把女儿解救出来,结束这种苦日子。

于是丈母娘亲自跟踪女婿;这一跟踪还真没有白费功夫,果然见他去会一个女人。那女人不是雪静,雪静她认得,料想便是女婿的新的女朋友。新的女朋友?这可新鲜了。她好像逮着了小偷的警察,那种伟大的立功感使她喘出来的气都粗。"别急,他们跑不了。"她警告着自己,同时隐到一棵树干后探出半边脸。忽然,那女人从女婿的背影中错出脸来,正对着她;她马上隐蔽——亏她这把年纪还这么机警。慢慢的,她弓身溜到前面一点儿的一排九里香前,这里近着点儿,便于观察。她一点一点的从那足以隐身的修剪过的九里香中探出头来。呀,看清楚了,那女的,那女的,脸子白净,胸脯前挺,看来是个骚货。

也不知怎么,她的眼睛竟烧了似的:哼,看你两个狗男狗女怎么跑!要是女儿看到,不定要叫出声来,还好,是她看到,不是女儿。他们说了会子的话,然后一同走进一家公司的一间房里,这一进去就没出来,她在外头等着,想他孤男寡女在一间房准干那"好事儿",她决定耐着性子等,等"火候"够了才猛冲过去敲门。

哼,听不到里面有什么动静。好呀,跟静夜一样温柔,跟亚当夏娃一样缠绵,那么我女儿呢?我女儿你就不管了?

一分钟,两分钟……看看"火候"也该够了,她突然冲过去,急急地敲起门来。门马上开了,一个牛高马大的人拦住她问她有什么事,她没理他,只伸头往里看,却见一堂的人坐在那儿看着她,他们大约在开会,被她的突然敲门打断了。女婿和那女人都在里面。她知道这不是她女婿的单位，拉出那开门的一问，才知女婿在里面当职员，那女人便是老总。

那么说女婿是在兼职？"是的，他白天在他单位上班，晚上到这里上。"那么钱呢，兼职的钱呢？回家问女儿，女儿哭了一脸的泪：怪不得他那么憔悴，怪不得他还了那么多的钱……

还完了债，韩其心并不轻松，他想到妻子的病还没根治，他想到妻子的女式摩托车的梦。妻子流着泪求他不要再这么劳累了，她不要钱，只要他。他答应了，说是干完这个月才好意思辞掉，可是一个月又一个月过去，她问他，催他，他又搪塞。他发现妻子也瘦了，劝她别干了，他不知道她也加班。除了工作，他什么人也不想接触，只有个别时候，他才去请那个老同事——借几千块钱给他的老李，请出来喝杯茶或者咖啡。

在一个并不考究的小咖啡屋，老李劝他不要太悲观，凡事看开点儿。他呷一口咖啡，叹一口气，话也不说，看着面前的一丛水仙出神。水仙的叶碧翠碧翠，犹如碧带，六枚花瓣白生生的，金黄色的副冠如一盏杯，他认得是一丛酒杯水仙，吸了一鼻，没有香气，假的。

老李说了一个故事，说是有一个人年轻时救过一个掉到池塘的冰窟窿里的小孩，把小孩顶出冰面时自己使出了最后一丝力气，最后小孩得救了，自己却差点儿爬不出冰窟窿，整个身子都冻僵了，冻坏了，后来年轻人因此落下了肩周炎和全身性风湿炎，这使以前健健康康的他行动很不方便，有时甚至需要家人护理。但是，被救小孩家属没有给过他任何回报，十来年了，被救小孩早长成了大人，就住在离年轻人不到一里的地方，可是从来没有来看过救他命的年轻人——已经不再年轻，这使"年轻人"的家人更不放过对他的傻瓜的责骂，但是他无怨无悔，他说如果再让自己年轻一次，然后遇上这样的事儿他还会毫不犹豫地纵身下冰水里救人。

故事讲完了，老李吹着玻璃杯里热气腾腾的咖啡，呷了一口，总结说，付出是不需要回报的，这样的付出才是真的付出。韩其心觉得自己当初为朋友付出也没想到要回报，但当自己需要回报，或者说需要帮助时，朋友却弃他而去，这使他心寒，他没有伟大到老李说的那个地步。故事里的年轻人他知道是谁，就是面前的老李，单位里有同事对他说起过。他还知道那个"小孩"后来结婚了，生子了，然后又离婚了，弃子了，现在还鳏着，没人肯嫁。

也许，我们的不需要回报的傻瓜式的付出是以金钱、健康甚至生命为代价的，但是，它赋予的是人性的强健和美丽的光环，而我们得到帮助后不思回报的冷漠的精明只能使我们在得到暂时的好处后，一点一点的失去心里的那点幸福，因为人性的本原在扭曲、绞杀、泯灭后所释放出来的就是这样使我们不愿看到的违逆的反人性的东西。君不见有人诈骗抢劫了吗？君不见有人奸幼杀人了吗？那都发生在泯灭人性后，变成恶魔后。面对老李的自我践行了的人生感言，韩其心只能仰而望之，他自愧弗如；但是，他鄙恶那个"小孩"。

两杯咖啡后，韩其心回家了。路上，他在一爿小店买一包红塔山，九块钱，他递过去十块，人家说没一块钱找补，让买一块钱彩票顶数——那人正卖着彩票，他苦笑一下答应了，人家问买什么码，他也不知要买什么，想了想，胡乱讲了个四位数，人家写完告诉他："一比八千哪，拿好！"他胡乱带起来，走了，回家就不记得自己买了彩票。

　　韩其心的妻子掏到那张彩票是在两天后预备洗衣服时。攥在手上，看了一下，念了一下，嘎了一声，"中了！耶！"又将彩票凑近，一字一音地念出那个码，跳起来，"中了，中了！"然后将攥着彩票的手高举过头，连蹦带跳地扬着奔进客厅。孩子被吓哭了，孩子的外婆从厨房里赶出来，一面笑着叫她别一惊一乍，一面着急地问她中了多少。韩其心也兴奋起来，他不知道是自己买的，但是他提醒看看票上的时日，省得过期票叫人空喜一场。孩子在一边惊哭，大人们在一边挤头挤脑地紧张地仔细地审阅着票上的时日，妻子大声地念将出来。没错，是这期的，中了，八千。

　　领奖回来，韩其心计划买给妻子一辆四五千块钱的女式摩托车，正想跟妻商量，乒乒乓乓的敲门声打断了一切。丈母娘去开门，涌进来一群"恭喜恭喜"的同事，韩其心一下子愣了，不知如何应对，妻忙招呼大家坐，正在这时，外面响起了噼噼啪啪的鞭炮声，门口又涌进来几个，再几个，不到一小时的功夫，家里的凳子不够坐了，有同事，邻居，内亲外戚，还有不认识的人，都很热闹。有人一进来就站着，有人干脆坐地板上，恭喜声不断，道贺声不绝。来者先先后后的问老韩中多少，他说八千，没人肯信，又问他的妻，问他丈母娘，都说八千，人们便以为是统一了口径。

　　"我听说是中了八万呀，老韩，别瞒兄弟。"有人说，人们便都附和。

　　"确是八千！"他那表情屈死鬼似的。

　　"老韩，你就改不了这哭穷相，别是中了十来万吧？"一个邻居像是打趣地说。人们便交头接耳七嘴八舌的低声猜测起来。

"八千？你信吗？"

"鬼才会信，谁傻到将自己的家底全抖搂出来晒太阳下？明着是八千，暗窖里藏的怕不会少于八万。"

"岂止？少说也有十万。"

"二十万！"

"咳，你们不知道，上百万呐！"

"什么上百万，八千就是八千！"丈母娘听到了人们议论的话音，没好气地说，然后带了她的外孙溜外头去。

"好了好了，大家别瞎猜了，韩老大说八千就是八千！"说话的是一个绰号叫"马屁精"的同事，说完冲老韩笑笑。但是，他的话显然没有威力，人们不听他的，又继续交头接耳七嘴八舌起来。

七嘴八舌的结果，二三十万这个数字得到了大多数人的确信。于是，有人向老韩讨喜钱，老韩没钱，他掏空了口袋，只有一张五十元，一张一元。僧多粥少，也不知要分给谁，正在犯难，妻子回来了，她一进门，就十块十块地给人们发喜钱：事实上，那头一拨自费放鞭炮的人一进门就讨喜钱，妻子一摸身，发现自己没小钱，赶忙拿两张百元大钞出门去换小，所以才回来。

谁都领到了喜钱，可是，谁也没有高兴，特别是那买了鞭炮来放的：亏了。韩其心分明地感到了人们的那点儿不高兴劲儿，他让妻给多发点儿，妻给他努了一个鬼脸。于是，有人带起钱悻悻而去，有人赖着还不肯走。赖着，不说话，只定定地看着韩其心。韩其心慌了，进睡房打开衣柜，从衣柜里拿出那净是百元面额的八千元，一张一张地分人。妻闹着过来夺钱，他将拿着钱的手一闪，妻扑空了，人跌在地上，坐着哭。他仍发钱。丈母娘这时领了外孙回来,扇了他一记耳光……领完钱,人们散了。

当夜,妻没哭,他哭。他的脑子一片空白,想不起事情是怎么发生的。妻也流了泪,却又像哄小孩一样的哄着他,最后,两个泪人抱在了一起。她给他揩泪,他给她揩泪;谁也想忍住泪,谁也没能忍住泪。

他说剩下的钱他一个子儿也不动了;让她去买一辆她喜欢的摩托车。她的泪像雨,揩着、抹着,咬了下唇点了点头。

第二第三天,讨喜钱的人更多,来一拨走一拨,有时,把个屋子都挤爆了。总不能给了张三不给李四吧?总不能给张三一百给李四半百吧?这是老韩的想法;来讨喜钱的人可不都这样想,仇酒鬼觉得他是老韩最贴心的人。最贴心的人,然后,你看着办吧!

何干部没来,他的老婆来,她一进门先来一段回忆,她说她男人说了,他和老韩打小就一起玩,有一回儿,老韩骑单车不小心摔了,车在一边,人在一边,人摔得太重,爬都爬不起来,这时来了汽车,要不是她老公及时赶过来把他扶起,老韩就叫汽车轧死了……

人人都觉得自己跟老韩才最亲,人人都以为自己应该得喜钱最多,不是一百两百,一千两千,而是三万五万,或者更多。在一片道喜的闹闹喳喳中,韩其心先是到卫生间躲了躲,被人敲出门后,趁人不注意,溜掉了。

溜出来以后,小灵通不停地响,一个接着一个。以前,一天也接不到一个电话,现在一天要有一万个;有些人也不知道是怎么知道他电话的,开口就呼他老板,老总,这使他毛骨悚然;也有几个人直骂他吝啬,说他不够意思。他关机了;一个人在外面流浪,几天也不回家去。

他想到了老李，没有给他道一声贺的老李，在闹闹腾腾的世界外的老李。于是，他拨通了电话，约老李出来，两个人泡了一整天的咖啡厅。

然后呢？他的家在那里，他的妻儿他的爱他的牵挂在那里，他离得了几天？唉！

坟头插花（2）

那鬼要去抢丈夫的钱，她冲上去撕那鬼衣，那鬼翻过脸来，啊，她吓晕了。醒来方知是一场噩梦。这是下午，丈夫已经上班去，她害怕得缩做一团。起来上街买菜，余悸未消，路上见个香客说是要去上香，她随了去，上香回来，心里安定了些。

第五节　第二次住院

人生在世是应该要些颜面的。仇酒鬼、何干部的妻子在得到十块钱的喜钱后，虽然有怨，有忿，却不再登老韩家的门，这对老韩一家来说无疑是件幸事，可惜不是人人如此。

不如此那会怎样呢？先不说会怎样，不妨把这"不如此"的人派一个名头：二赖子，二赖子吧，合适不过的了；然后我们来作一个假设。假设很多人脱光了裤子满街乱跑，你觉得怎样？怎样，呢？脱光了裤子，满街乱跑，够不要脸了吧，啊？耍泼皮的二赖子比这还不要脸。面对一个光屁股世界，你可以闭了眼，仍走你的路；二赖子呢，遇着二赖子呢？不是遇着光屁股者而是二赖子呢？你能闭了眼，潇洒着就这么走？做梦！怕你连路都不敢上。不上路不遇着就得了？不中，你越不想跟他发生关系他越要和你发生关系，找到你家去，赖着粘着，什么都想要，就是不要脸。

中奖以来，韩其心的家门槛都叫不要脸的二赖子踏破了。起先是讨喜钱，而后是借。没有人借三五百，开的都是狮子口，至少五千，也有十万十来万的。最不知道怎么说的是，有人借钱嘴上说是做点小生意开个小铺子，实际是借来放高利贷。你说！

韩其心很为难，他说实在没那么多钱，中了八千块，四五千要留妻子买一辆弯梁女式摩托车，这之后所剩不足两千。说了又说，越说人越不信，越不信越觉得"人富不得，一富就变"。有人早也来晚也来，天天来，耍尽了泼皮磨破了嘴皮，出门时，又把唾沫吐在人家门槛上。韩其心真窝心，别人有气可以往他身上泄，他呢？他泄给谁？他不能把唾沫吐回人家门槛。面对人家的怨恨声，挖苦声，责骂声，嘘声，他只能出逃，携家带眷一个不剩地出逃；他得离开这个不要脸的集中营。但是，妻子已经出去，他要等妻回来；他就这么在人围的烘烤中满不自在地熬着。10点，走了几个，11点，又走几个，12点，人们终于走空了，丈母娘才开始张罗午饭。不久，妻回来，满面的霞红，喜鹊一样的高兴，他还不知道她哪儿来的高兴劲儿，就被拉着往楼下跑，说是她买了新车。

买了新车？"对！"文芳说。他的高兴劲儿马上上来，不，是自豪，男人的自豪，从未有过的男人的自豪！只有这一次，他才这么真切地感到自己像个男人，擎起心爱女人理想的男人，顶天立地的擎着半边天的男人！下到半楼，他简直要抱起妻子——他的芳，他实在兴奋得不行。

到楼下一看，他傻眼了，那不是女式摩托车，是男式的，这是怎么回事？妻喘着气，显然还很兴奋，那脸便绯红绯红，很诱人。

"你呢，亲我一下，就告诉你。"芳把身子挨近了他。

"老夫老妻了，就不怕人家看到？"

"嗯——怕什么，就一下嘛！"芳撒娇了。

他似乎一下聋了，听不到娇妻的话，只定定地看着轻轻地摸着那辆崭新的摩托车：

"你骑男式摩托？"

女人嘟噜着嘴，拗过头去，不睬他。

"该不会是……"

"哎呀呀，"她打断他，一面回过头，"爱妻这么求你，你都不理，我还说什么？"说完两只玉手扯住他的臂弯，把霞红的脸仰在他的下巴下。他亲了她。人家看到了……

那是铃木摩托车，他细细地打量着，轻抚着，眉心锁着。她指给他看那车头方向盘转轴外侧，他看见了，那是一行刻上去的小小的字：爱妻送。他愕然了，心头六味杂陈，喜忧相撞。

这是妻送他的，作为他的生日礼物，本来打算一个月后才给他这个惊喜，但是等不及了，问他喜欢不？他点了头，眼圈发红……

傍晚，一家人来到东海岸边。火红的太阳在西天燃起一片霞光，那朵朵的云儿便像是害羞了的新娘，把一条条金色的彩带抛向大海，然后在天上轻轻地笑着，款款地移步着。大海兴奋地涌动着他碧绿的身体，扯起一道道金色的彩带，从远远的天际奔来，喘息着，呼喊着，把金黄的彩带撕成碎片，撒在海面上，闪烁在碧波中,形成黄绿交融,争相辉映的巨幅画卷。那海面上时时跃动着粼粼的金光,那是漂起来的黄灿灿的金子,混合着白花花的银子,从眼前到天边,从天边到眼前,滚动着,变化着,扯起一片汪洋大海。天空也是金灿灿的,它与海没有界限,分不清哪儿是海哪儿是天。当太阳贴近海面的时候,大海恼了,它呐喊着,咆哮着,卷起一层一层的巨浪,向海岸直扑过来,那浪花是亮白的,映了些霞红,拍打在礁石上,摔掼在海岸边,激起细细的飞沫,溅在人的身上、脸上,拌着海风的新鲜的气息,使人脱胎换骨。

韩其心牵着妻和儿的手,走在软绵绵的沙滩上,他感到这些天郁结于胸的恶瘤一下消解了;孩子怕怒吼的海,挣脱父亲的手,躲在他外婆的身后,不敢稍近那泛着白沫的浪花;妻子双手合拱,圈在嘴边,对着大海长长地"嗨!——"了一声,大海回她以远远近近的博大无比的声声的澎湃。这是第一声喊,她不知喊到第三声时自己就要晕倒,那个老毛病要活生生把她兜里的一千二百元的仅剩的彩奖全部抵作住院押金。

在住院部,韩其心找不到自己的工做,要问医生治疗方案,有人帮他问了,要问护士吊几瓶,有人替他问了,要按服务铃换吊瓶,有人先按了,有人还亲去把护士领着来。反正在这里没他的事儿,老韩于是想回去给妻子煮点儿吃的提来,丈母娘却说早煮了,什么什么亲戚煮的,"人家懂她的口味儿。"他不知所措了,他忽然觉得人们谁都比他更懂妻,谁对妻都比他对妻亲。妻子的病不比上次重,可是来看她的人真多,想到的人全来了,想不到的人也来。很多人都不肯空着手来,提这提那,不多时,就把院房里的储物柜里里外外地堆满了。韩其心只是站着,有时说提那么多水果做什么,有时又说来看看就是了,干吗还送红包。这样的话说多了,有时也会走嘴,一次,一个同事来看他妻子,拎了几个苹果,没有带红包,他却握着人家的手说来看看就是了,干吗还送红包?弄得人家很不好意思。

老李也来探病,没有带水果,只问他缺不缺钱,缺了就说,他有,可以借,别不好意思。"不缺,真的不缺。"韩其心说,拉着老李喝茶去了。

这回是确实的不缺钱,这年头城里乡下人人参保,医院能报销药水费40%,余下的负担就不太重,加上住院这几天,红包一沓沓,有一夜,下半夜吧,丈母娘把那些红包掏出来一数,竟有几千块,喜得丈母娘直叫她女儿住久一点儿。

有一天,来了一个探病的人,张百万,他和妻都感到十分意外。

"对不起,才知道,来晚了,对不起!"张百万握着韩其心的手,很抱歉地说,声音仍是很响亮。回头又对韩其心的妻子说:

"嫂子,怎么样,好点儿吗,病?"

韩其心的妻子赶忙往里坐,一面"好了好多了"地说。

"真是对不起,那天老韩去借点儿,正好我太匆忙,没有来得及,没有来得及。"他的话好像是对老韩的妻子说,又好像是对老韩说,"本来嘛,一二十万是小事,喏,"张百万掏出一张存折,示了一下,"钱有的是,有难处尽管说,身体要紧,钱嘛,小事儿!"

"不用了,就好,就出院,不用了,张、张老总。"老韩说。

"这就见外了,啊,咱俩谁跟谁呀,干吗还那么客气?诶,刚才你叫我什么来着,——张老总?"张百万认真了,"见外了不是?

第一章 为妻治病

还叫我'老张'！忘了吗，年轻的时候，咱俩还睡过一张床呢！"

老韩笑得不大自然，还是丈母娘打了圆场：

"他这些天是叫我女儿这病闹糊涂了，你也别见怪，快，坐，坐，坐。"丈母娘指了指床尾。

"这是——"

"是我妈！"文芳说。

张百万没有坐，说了会子的话，忽然想起什么似的："诶，你不是有电话吗？给用一下。"老韩把小灵通递了过去。

"哎，手机刚刚丢了，丢了。"张百万不好意思地说。老韩和妻子都表示了惋惜。

张百万打电话的时候，老韩才注意到张百万穿的不是"七匹狼"男装，上身只一件半旧的的确良T恤，下身是一条有些褪色的蓝裤。没有牌子。

张百万走了以后，丈母娘笑着对女儿女婿说："他是百万富翁？哼！百万富翁——连个水果都没提来。"

出院前，张百万来了好几次，他来得匆匆，走得也匆匆，每次来都问韩其心要不要借钱，还说十万二十万的尽管开口，别不好意思。

第六节 富翁借钱

世事多变，贫富难料。其实，张百万已经不是什么富翁了，他原来是一个建筑公司的老总，去年，承建一个镇子的市场大厦，谁知建成后通不过验收，划作危楼，可怜他全部资金都投里面了，到头来却一分钱都拿不回来。这还不算,发包的镇府还三天两头地逼他拆掉那"豆腐楼",并赔偿延误工期等违约金。拆楼?他的工人建楼几个月的工资他都没有付,现在工人知道工程质量出问题,早都跟他闹着讨工资了,如今拆楼?找谁拆去!至于违约金,他只好变卖全部家产包括自家那三层的高楼了。

"老总"没了,楼没了,两个老婆见势不妙连儿女、铺盖一起卷走,张百万倾家荡产,落到几乎要行乞的地步。手机是不敢用的,怕人讨债——还有三五万的亏空。于是到处找工打,胡乱混饭吃。混来混去,当起了三鹿婴幼儿奶粉的经销员,谁知在里面混不了多久,上头出事了。媒体曝光,三鹿奶粉因含过量三聚氰氨,致长期食用婴幼儿肾衰竭或死亡。三鹿奶粉厂破产了,张百万又面对重找工作的压力,更重要的是,他与"新开发"出来的女朋友麦麦的爱情也面临破产。麦麦是大学生,还没毕业,当她发现张百万的"百万"是假的,她哭了,他便道歉,哄她,求她。

"骗子!"她骂。人家是女大学生,花样年华,一个不如意就天塌地陷;人家的话由不得他这个被人抛弃的倾家荡产的破落户不奉若圣言。"是是是,我是骗子。对、对不起。"等麦麦不哭后,他摆出来自己的计划。他计划重作冯妇,再造辉煌。那是说一句,拍一个胸脯。他让麦麦等着。

可是重操旧业是需要启动资金的,他分文没有。正在发愁,一个喜讯从天而降:他听说韩其心中了好几十万,妻子又正在住着院,他感到了天无绝人之路,于是有了上面叙述过的张百万到医院探病的情景。现在,韩其心携妻出院回家了,张百万觉得时机已经成熟,于是登门上"借"来了。

"嫂子气色不错，怎么样，好点儿了吗，病?"到韩其心家，把一大袋苹果放下，屁股还没点着沙发，看着韩其心妻子的脸就说。

"不碍事儿了，还劳烦你这么跑，又提恁多水果，真是的!"韩妻说。

"那么客气!"韩其心递过来杯茶。

"没啥，嫂子病好了，我高兴，高兴。"接过茶杯，送到嘴边要咂。

"小心烫着。"

"没事儿。"咂了一口，放下茶杯，见到从房里出来的小孩，"这是孩子?……小朋友，快过来，叔叔抱一抱。"

"叫叔叔，叫叔叔。"韩妻和跟了小孩出来的韩的丈母娘齐声说。

"哟，多大了，叫什么名?"张百万问小孩，他对自己的小孩都不闻不问，现在却兴趣起别人的小孩。

孩子可是没理会大人的话，举起手中的塑料手枪对着张百万"叭叭"地打。

"叭，叭叭，你是坏蛋，是日本人，打死你。"孩子边叭叭边说，紧着又换了一挺机关枪，嘎嘎嘎地打。

"你是坏蛋，大坏蛋!"

"啧啧，小朋友真勇敢。"张百万说。

"好了，别闹了，跟外婆一边玩去。"韩妻说。

"乖乖，来，外婆给你讲白毛女的故事。"外婆过来拉她的外孙的手。

"我不要听白毛女，我要听奥特曼。"

"好，好，外婆给你讲，啊，奥特曼。"婆孙俩出去。

"快去，别捣乱。"孩子到门口回过头时，韩其心虎着脸说。

"真乖。"看着小孩出去后，转头对老韩，"你老韩真行，几年不见就下了多棒一个种，哈哈哈。"

"打住打住。可不见棒，你也看到了，顽皮得紧！哦，你不也有、有双妻四子吗？"

"这——，今儿不说这个，不说这个。"张百万止了笑，"老韩呀，这样，今天嫂子出院，大家高兴，我做东，请你们全家出去撮一顿。"

"不用不用，就家里，我请。"韩其心赶忙说。

"咋了？看不起我老张？"

"哪儿、哪儿敢？"

"那就是客气？——哎，客气个啥？去，一定得去！"说着就来拉老韩。老韩有些为难，不肯站起。

"你们哥儿俩这是干吗？家吃就得了呗，到外面那么破费。"妻子本来回屋了，又出来。

"好，好，家吃家吃！"两个男人听了女人的话，不争了。

老韩要去添菜买酒，让张百万在家等一等，张百万不依，非要抢着去买，抢来抢去，最后是一起去。

在韩家，两个男人推杯换盏，其乐融融。张百万云山雾海，天南地北，吹到他的公司，那是雄资百万，质量第一。韩其心只有听的份，没有说的份。当然，听得是心也壮壮的——跟这么大一个老总在一起谁的心不壮呢！酒过三巡，张百万舔一圈唇边的鸡汤油，直感到油嘴滑舌、由喉到肠子的滑溜，话就更加顺溜起来：

"老韩呀,我就不瞒你了,兄弟我这几天运转资金不灵,有三百万要过个把月才能收回,因为太紧,等不了那三百万,只好跟一个台湾朋友打招呼借点儿,他在电话里告诉我说他已经从台湾那边给我汇来三十万,可怎么也要十天八天才能到账,事儿急呀!如果这几天要不到二十来万的运作资金,肯定是要亏大了我!"说完,停了杯,眼睛看着老韩。

"唉!朋友我也、也就这点儿本事,帮不上忙,帮不上忙呀。"韩其心说,"我就中、中那么八千,八千,而不是八万,更不是、八十万!"

"兄、兄弟呀,我知道你是信不过我,这样吧,你借我二十万,九天,只要九天,"张百万把杯掷在桌面上,"我准保能还上,我以人格担保。"

"可,可是,我真的没那个数,一万也没有。"韩其心为难了。

"这——,十八万,就十八万;五天,就五天。五天我还不起十八万,兄弟我提着脑袋来见你!啊!"把胸脯拍了个山响。

"真——,真——。"韩其心语塞了,差点儿没哭出来。

"还不相信是不?我拿我的三层楼作抵押。"

"……"

"坏蛋,你是坏蛋,不是叔叔!"韩其心的小孩又端着冲锋枪对着张百万嘎嘎嘎嘎。丈母娘追小孩过来。

张百万说着给老韩下跪了,正这么跪着,冷不丁"嘭"的一声把他吓趴了,不知是丈母娘还是小孩进西厢房后把门摔得这么响,张百万回过神来才又跪好。老韩赶紧过来拉他,他硬是不起。老韩流泪了,张百万也流泪了。看来,男人的泪水也没多贵。

张百万操着手机对"全国民工"发号施令那会儿，怕是没有想到会有今天这折，见老韩还没松口，他有点儿恼羞成怒，流着泪怪韩其心没心没肺，怪他见死不救；又不敢太怪，于是怪怪求求，求求怪怪。他的眼泪见证了这一切。但是，没有用的，韩其心只有泪水，没有钱。韩妻也出来要拉张百万起来，劝他起来再说，张百万哪里肯依，说是不借就不起来了。这样地一直折腾，到求够怪够流泪够要起来时，已经立不起来：两膝发痛，跪得实在太久了。

这世界上的一些事儿有时并不像一些人预期的那样，张百万够努力够真诚了吧？以一个百万富翁的身价跪求一个小干部，人说精诚所至，金石为开，可是怎么着，结果怎么着？贵为百万富翁，也只能摔筷而去——没有喝完酒。

韩其心出到门口，又见门槛上有一泡口水。不知为什么，他忽然想到了老李，他的酒其实还没够，于是，跌跌撞撞地找老李喝酒去了。

坟头插花（3）

这回不是梦，不是夜晚，大中午时分。太阳炎炎地照着，她走在街上，总觉得后面有个"尾巴"，倏忽间回头一看，那"尾巴"窜进人群里了，她警觉起来，心口怦怦地跳，再走一段，那"尾巴"没了，你说他是人是鬼？

回来说于丈夫听，丈夫怎么说怎么不信，还说她是看花眼了。

第七节 各为其母

发现文芳也常加夜班后,韩其心辞了公司的兼职,这样,文芳也不加夜班了。夫妻俩重新回到了他们想要的生活。

在家里,丈母娘不大去睬女婿,女婿本来话就少,于丈母娘就更是"金口难开"。中秋节那天,韩其心公休,文芳仍上班,丈母娘因为感冒,躺床上了,于是韩其心亲自下厨。他想做一个妻子最爱吃的香肉茄子煲,这道菜已经好久没有上桌,因为丈母娘不喜欢;现在,他想露两手,教妻子回来高兴高兴。但是,他没有下过厨,料备回来后,搓着两手,在厨房里转了转,不知道从哪里下手。他想起他从旁看妻子做这道菜时的一些步骤,于是开始动手了。先将瘦肉洗干净切碎,下少许精盐腌制片刻,茄子切成片,葱切花……烧锅下油,倒进茄子片后,他想起妻子说过要煎至两面金黄色味儿才美……起锅前,他学着妻尝了一下,太淡,于是加了两匙盐,又炖一会儿。

开饭的时候,妻子高兴得几乎要跳起来,伸筷子到砂锅里一夹,没进嘴就夸好吃——可是刚一下口,她的表情好像不大自然;韩其心疑心地搛一筷,咸了,并还有些焦煳味儿——妻吃东西比他还淡;丈母娘坐到桌前,筷也不动,光端着个饭碗,半天,叹了一口气:"就吃这些?"然后回床睡去了。桌上只有一个茄子煲,一个紫菜汤。文芳想给母亲做个别的什么菜,到厨房里一看,只剩一个卷心菜,那是她昨天备下的。她知道母亲爱吃素炒卷心菜,马上张罗着要给母亲做,母亲从房的那头叫她别忙乎了,说是大中午的别耽误下午上班，反正自己没胃口。她知道那是气话，坚持的做了，又哄着把母亲拉出来吃饭。母亲重新上桌时，韩其心已经下桌，他没吃几口，就坐一边的沙发上。丈母娘看着满锅的茄子煲，没好气地说："非得这样糟蹋食物，不会做还充什么能，我又不是病死啦！"妻子却就一径地夸好吃，然后大筷大筷地夹……

第二天，丈母娘准备了行李，要回她的家。韩其心问，就回吗？然后匆匆地上班去了。文芳却就极力地挽留，劝她感冒好了再走，还说了许多挽留的话，可还是没有留住。

丈母娘走的那天，韩母来了。韩母来到儿的家感到很不自在，要去做饭，媳妇说："妈，搁着吧，我来。"要洗衣服，"妈，还是我来。"要倒开水，"小着点儿心，别烫着孩子。"抱起孙子要亲一下，孙子乐呵呵的，媳妇却就赶来接了过去，说是孩子不喜欢老人亲。做婆婆的忙活儿惯了，怎么也闲不下来，但是她知道，媳妇嫌她是农村老太婆，脏！

她没有跟媳妇吵嘴，懒得去理她。什么媳妇，她不认！在农村没有田，在城里没个正式工，不村不城，不伦不类，压根儿就不能上眼！可是，孙是自己的孙，是不是媳妇的儿她不管，是自己的孙自己就得带。她猛地把自己的孙抱起来，出门去了。

可是，每次带孙子出去溜达，媳妇一准嘱她不要给买零食，不要走得太远，牵小孩过马路要当心……嘱了又嘱，完了还不放心，临去上班还要想想有什么说漏了；回来又细细地盘问："奶奶都带你到哪里？干什么去？"

妻子对母亲的态度做丈夫的虽然不满意，却也没说什么。他发现母亲来后餐桌上只菜不荤，菜也少了点儿。妻子并没有像把钱给丈母娘一样地把钱给母亲买菜,菜是妻买的。有次妻买了三个鸡蛋,煮了,呼呼的吹在手心里分给他一个,自己剥一个,"剩下的一个留给咱儿子。"她说。"那么我妈呢?"韩其心问。妻说老人吃不得鸡蛋,会拉肚子的。韩其心听了有些不高兴,偷偷留下自己那个给母亲。婆孙俩回来后,文芳发现婆孙各吃一个鸡蛋,才知道是怎么回事,她哄顺了儿子掰下儿子的半个给丈夫,丈夫接过来,没舍得吃一口,又把它还给了吃相凶猛的儿子。此后每天下班韩其心都给加一个荤回来,妻子怪他破费,他生了气,她也生气了,你说我对你妈不好,我说你对我妈不好,一来二去,两个人怄了气,两天都没说话。

一天下班回来,文芳报喜似的说她母亲病好了,可以来带小孩了。这话是在婆婆跟前说的,丈夫不在。婆婆早就不自在,一听这话拍下屁股拎起包头也不回地回她的农村老家了,没来得及跟儿子打个招呼。等到儿子回来见不到母亲,心下就有些嘀咕。

当然,他的这点嘀咕的不痛快很快就随着丈母娘的到来而烟消云散。虽然他与丈母娘不大有言语过从,但是,这种同在一个屋檐下不言不语的关系他逐渐就觉得习惯起来,于是夫妻间的那点儿甜蜜很快又在这个小小家庭中酝酿。

第八节　各怀心事

东方八所位于海南西部,这是一个不大的滨海城市,只见同车道的大车、小车和摩托或紧或慢地往后退,两侧的灯杆、棕榈树、印度紫檀从前面扑过来,一下奔后面去了。一彪飞骑穿梭在小城的大街小巷和车水马龙之间。车行不到二十分钟就要穿过这个城市，看，它在往城外飞去。风在耳边呼呼地吹，披肩的长发横着飞舞在半空中。文芳往前挪一挪屁股，腿手紧紧地夹住搂住骑上的他。世界在奔跑，一切还没来得及看就过去了，他的注意力全在他的崭新的摩托车的前面的路上。天地渐渐地开阔，车辆、楼宇稀少起来，耳边的风萧萧得厉害，文芳的一只耳朵紧贴在他的后背，但风也能灌进来，那声音煞是吓人，文芳惊叫了一声，叫他开慢点，但是，她的话像是吐出来的纸屑，一出口就被卷到后面去了——他没有听到。

摩托在风驰电掣般地飞奔，她更紧地搂着他的腰。已经出到城外，她不知道他要带她到什么地方；一切都任由了他。她什么也不问，什么也不说，一种甜滋滋的暗流潜入她的心头，她有些迷醉，恋爱时的感觉重又回到她的心上。车忽而慢了，这是一段很陡的路，海沙还很陷，她应该下车来，好让车爬得过去，可是她早已像个做梦人，只知道搂着他的腰身。

摔车了，车身压在他们的腿上，她哎哟一声，趴在沙滩上起不来；他挣出车身，爬起来把车扶起，她才哎哟着坐起。

海的眼睛是明澈的，蓝汪汪的，她看着依偎而坐的一对有情人。他们坐在一块巨大的鹅卵石上，头上是柔和的阳光。男人一手拥着女人，一手缓缓的揉搓着女人的大腿的外侧，那是刚才被车身压痛的地方。大海微眨一下蓝汪汪的眼睛，一面轻轻地抚摸着乳白的海滩，一面亲吻着他们脚下的鹅卵石，她微喘着，将带着海腥的气息一口一口地呵在他们的脸上。女人把男人的腿放平，枕在上面，沐浴着男人的目光，泛起一圈红晕，轻轻地合上眼。

这男人便是韩其心，他轻抚着妻的额头，把手指嵌入她的油黑的发丝里。看着面前的睡美人，他感到自己已经触摸到了海的微微起伏的胸脯。他的眼睛不知不觉也合上，又睁开，那张泛着红晕的脸点燃了他心中的火。他觉得她是暗夜里的一盏油灯，自己便是那执灯人，凭着这盏油灯，他看到了前面的路，他的世界明亮了。

他本就是个农村小子，到城里工作，工资很低，没有人看得起。雪静走后，他甚至产生了独身的念头。爱情抛弃了他，他掉进了自暴自弃的泥淖。这时，是她约了他，但是，他爽约了，他觉得她太漂亮，自己太贫寒，他怕敢再去触碰那根使他伤心的弦。约会的地点在一个废弃的排球场边，不远是一棵大榕树，她躲在浓荫的树干后面，想等他来吓他一下，可是他没来。一分，两分……十分，二十分，约会的时间早经过去，她失望地从树干后转出来。想时间地点都没搞错；想自己是第一次约男孩。她哭了。决定不再找他，今生都不会。但是她得弄清楚是不是他出了什么事儿，她于是到他的宿舍。到了那里，见他在窗前案上看书，她扭头掩面哭跑，他看见了——他其实没心看书。他追了出去……

他的日记留下了这样一首诗：

　　为什么
　　你哭着跑出感情的终点
　　为什么
　　我不禁追出了门槛

　　我碎了

你碎了
那是摔在地上两颗滴血的心
黑夜里
你我各捧一颗
用泪水
各为彼此疗伤

后来他知道那天晚上她分别拒绝了两个男孩子的约会。她爱上了他,他爱上了她。但是,他想不明白她爱他什么,问她,她想了半天,然后摇摇头;再问,又想半天,最后"哦"了一声说,爱你的傻。

"有比我傻的人。"他说。

那么——那么了半天,忽然问:"诶!那你爱我什么?"缠住了他的胳膊。他也想不出来,最后说,诶,诶,什么也不爱。

"欸!不爱我,那你怎么要跟我结婚!"眼睛圆睁如杏。

"爱爱爱,只是——,对,爱你的眼睛。"

"眼睛抠出来给你,要不要?"

"不,爱——爱你的心。"

"心也剜出来,要不?"

"不不!爱——"他想不到什么了。

"傻!"一个指头戳过来。她笑了;他也笑了。

大海在笑,温温柔柔的,眨着蓝汪汪的眼睛。他把腿上的头轻轻地挪了一下,好让她躺得更舒服些。她已经是他的人,可是,他给过她幸福了吗?……女式摩托车……雪静是走了,可他还带着她游玩过几个地方,她呢,自己的妻呢?——几年了,什么也没有。雪静……不能再想了。他闭了眼。他听到海的笑声,近近的,远远的,在耳边,在天边。

文芳看到了天上的海,蔚蓝蔚蓝的,澄澈澄澈的,无边无际的。她伸手到头上,轻轻地把他的一只手挪到眼前。那是一只红活圆实的手,那手指修长圆满,有个她的姐妹就夸是艺术家的手。"可惜了这双手啊!"她想。轻轻地摩挲着那一个个圆满的手指,好像是摩挲着一个个圆美的梦,闭了眼,奶奶讲的爱情故事又浮现在脑海中。从前,有一个美丽姑娘嫁给一个富家男子,富家男子游手好闲,又爱拈花惹草,有一天,美丽姑娘说了他两句,他便对她大打出手;她的公婆本来嫌她穷,就趁机把她赶走了。姑娘的父母见姑娘遍体鳞伤地回来,就找亲家理论,不想亲家叫家仆把他们打死了。姑娘哭啊,泪水流成了大海;她的身子向上升,那套蓝色裙变成了蓝天;她的头发一夜之间变白了,成了天上的白云。那朝霞和晚霞呢,就是姑娘流血的心……每次讲到这里,奶奶总要哀叹一声,小小的文芳便偎在奶奶的怀里流泪,便很恨那富家子弟。后来,她便不喜欢富家子弟,嫁给贫穷的韩其心,到现在都没有后悔过。

贫穷,然后奋斗,再奔向富裕,这才是她梦想的生活。她昨天做了一个梦,梦中,她和他,还有他们亲爱的儿子骑着心爱的铃木摩托飞啊飞,飞到天上去。那里有无数的奇珍异宝,还有琳琅满目的商品……睁开眼,她看到她的夫一动不动的,头上的天还是那么蓝,蓝了个满眼,像一个天大的蓝色水晶球,不,它还有些皱褶,那不是水晶球,是一套褶裙,前裙是天,后裙是海;想那深邃的蓝里，装着一个美丽姑娘的吧。海像在拍着搂着她，她感到了海的绵绵情意。

"给讲个故事吧。"她说，柔柔的。

"什么故事？"

"还讲牛郎织女。"

夫说的雨果、狄更斯她听不懂，她爱听白蛇娘子、牛郎织女。牛郎织女，夫给她讲过一百遍了，她听不腻，还爱听。

"从前……"他说。

她意多不在去听那个故事，而在去听那个熟悉的亲切的温柔的海潮一般的轻轻哄着她搂着她的声音。闭了眼，她的思绪在满搂着她的声音里飞。就是这个声音，就在这个地方，她听到了他的山盟海誓："你的幸福就是我今生的奋斗目标。"……她感到自己的身子是飘的，从地下到天上，从天上到地下，她飘得很远，飘得很近。想到她的夫骑在崭新的摩托车上，她的脸上漾开了浅浅的笑纹；想到她的夫的同事多已有了电脑，有了电脑就可以调阅文档，查看新闻，建立自己的网站……那是一个宽阔的世界——据说，你可以上QQ——据说。可是他的夫还没有。他应该有一台自己的……一打开屏幕就是满天的蓝色……她的笑纹消失了。

夫讲完了故事，她叫夫再讲。

坟头插花（4）

半夜噩梦醒来，紧紧地搂住丈夫。前天客厅的地上不知怎么留一摊血，干了，还糊着些毛，不像人毛，倒像什么动物的毛，什么动物呢？为什么把一摊血洒在这儿呢？死了又不见尸,吊诡。跟楼下的女人们一说,一个一个跟上楼来看。几个见多识广的女人都觉得这事儿蹊跷,"有鬼。"一个女人说,其他女人都毛骨悚然。

她取得丈夫的同意,请来道士。请的是一个,来的是两个,一个是道姑,一个是"道姑丈",夫妻。对着那摊血,夫妻作法了,一唱一和,叽里咕噜,咿咿呀呀,鬼话,说的唱的怕连他夫妻都听不懂。念着咒着唱着,只见道姑忽然往上一指,道姑丈连忙把个符贴门框上,这样的一路贴完所有的门框,回到鬼怪处,焚一道符,化作青烟,道姑吹一口气,青烟袅袅弥散,到符箓焚尽,灰烬落下了,在那摊血上,道姑丈喷一口清水,那灰烬便化去。完了,收百来块钱,夫妻"化鹤而去"。

丈夫回来,忽然发现他忘带的小灵通不见了,便疑是那夫妻偷的,这话一出口,她赶紧"呸"他的臭嘴:惹怒神灵是要遭罪的。

第二章 第三者插足

第一节 初次见面

韩其心的班是这样上的,一般坐办公室,有时下乡,偶尔上省城海口开会。坐办公室便很无聊,领导不派活儿就没什么干的。韩其心每天看完报纸就要在那里"和尚练打坐"。

有次正这么"练打坐"的当儿,来了一个女大学生,很青春,是为写毕业论文作社会调查来的。坐在对面,问了很多,都在他的业务范围,他来了兴趣,侃侃而谈。她叫小莹,那脸白净透红如柿子,那唇水红泽润如透熟的樱桃,那眼晶亮明澈如深湖。着一件全棉印花的皮草裙子,和那微绽的笑连成一体。她神情专注地倾听着,时而点一下头,时而插问一句,时而眨巴一下水晶湖,时而甩一下脑后的羊角辫,那光艳,那生气,由不得你的视线你的思绪走远半步。韩其心不觉说得有点儿忘神儿,说到激动处站了起来,忽然发现旁的两个同事不见了,一看时间,早下班了。她歉意地笑笑:"耽误你了。"却没起身。"没事儿,那么,我们回吧!"他说。她点了头,脑后的羊角辫跟着扬了一下,起身了。她说她还有许多要问的话,问他改天能不能聊聊,他点了头。下到底楼,只见天色已晚,同事们早已人去楼空,停车处单单剩他那一骑。他跟她道再见,然后去开车锁,她没跟他再见,只在一边等他。他把车推过来，正想问她为什么还没走，她先问他家住哪里，能不能让她搭一段脚，他答应了。"谢谢！"笑靥春桃。然后跨上后座。车还没起动，他的小灵通响了，是妻，问他是不是有了工作餐不回来了，告诉他她做了他喜欢的菜等他回来。要挂电话的时候，小莹听到"吧"的一声，知道电话那头的人亲了他，料想是他的妻，她没说什么。

　　崭新的摩托一经启动就箭一般的飞出去，它迫不及待地载着他要回到他的心上人的身边。后座的她尖叫一声，身子后仰，然后前俯过来，俯在他的身上，他马上感到了一种软绵绵的东西，接着是一种温度，在后背，在腿部，那是女性的……他有了一种酥的感觉……他知道是自己开得太快，赶紧放慢了车速，然后微微地往前挪一挪，开了。但是那点儿酥还没过去，它像是滴在碗水里的什么可溶物，一点一点的在心头渗开。他甩一下头，似乎要把那点感觉甩开，他好像做到了。车继续往前开，这时候你尽可以走马观街。

　　当夕阳敛去它的最后一抹余辉，天色变得阴晦起来，那摆卖锅碗瓢盆的小贩收了摊，大小的五金店农药店打了烊，水果摊却正准备迎来下一个旺卖。街面上的车辆行人少了，但是，韩其心却以为行人很多，他感觉到处都是眼睛，都齐刷刷在看他，他甚至感到有人在对他指指点点。他有些不自在，身子前俯了些，屁股前挪了些，几乎是半坐在油箱上。他想赶快结束这段行程。车不觉又快了起来，后背被什么碰了一下，软绵绵的，那是女人才有的东西……车速放慢了些。又蹭一下，酥酥的……贴着了，贴着蹭……屁股处、大腿外侧也被什么贴着，那女人特有的温热便沿着这些部位向周身弥散，好像是迷魂的汤液穿流在血管中。他感到了酥软无力，神志有些迷离起来,那把着车把的手随着车一起伏,一颠簸,几乎要松脱出来。他害怕了,连忙抓紧,可是不久又松……由于害怕把持不住摩托车,车速放得更慢;想再往前挪一挪,可是整个人像生了根,一点儿也挪不动;要向前俯一点,身子却不像是自己的,根本不由使唤。

　　已经是有老婆孩子的人了,还这么容易颠魂倒魄,他模糊地责骂自己。她把两只手放在他的两条腿上,这样跟搂也没区别了……她怎么可以这样——姑娘家家的!他想叫她收回手去,但是他说不出口;眼睛不由眯起来,要闭上,车又还驾着。世界在向他走来,车流、栏杆、行人、道旁树、楼宇……他分明看着它们,却又什么也没留意。他的感觉是从后向前的,但他不知道那是什么感觉,好像什么感觉都有,什么感觉都没有。他死在了摩托车上,任由摩托车怎么跑。一股热气在他的心中升腾,加温,他的呼吸变得不很平顺,头脑一片空白。等到她说:"过了,我家过了。"他才如梦方醒。这条路他本来认得的,急忙调转车头……

　　她下了车,摇摇手,道再见,辫子一甩,笑得灿烂;他不知道自己是怎么跟人家道别的,但是,这一笑好像是一朵玫瑰,开在了他的心里,凭着人家女大学生这一灿然媚笑,他的车开得飞快,他的心比车还快,开着飙着,喉头打开,几乎要蹦出歌来。

　　回到家,妻子高兴得手舞足蹈,他却一屁股坐在沙发上,木着,僵尸一样,妻子问什么都不吭,说什么都不应,用手在面前摇几摇,很近,在眼前,几乎摇到了眉毛,扫到了鼻子,可他的眼睛竟是不会动的,跟遭了电击丢了魂一样。妻子一下紧张起来,以为他是中了什么邪得了什么怪病,急急叫过她的妈妈……

第二节 邂逅

小莹起床的时候天还没有亮,她今天要去见一个人。简单洗漱后她坐到梳妆台前,用梳子梳理满头油亮的青丝,完了扎个马尾辫,然后换篦子梳一下辫尾,唇上上点儿淡淡的口红,冲镜中人一笑,还算满意。于是起身到衣柜前更衣。换了几套,在柜镜前旋了几个身姿,前前后后地看了几看,都不满意。最后穿出门的是一套腈纶面料的橙色运动服:裤子紧身超短,上装光臂宽松,露着一点胸的肌肤,很见青春。很久都没穿这套了,因为它很惹眼,有人说太"骚"。

到韩其心的单位,人说老韩下乡了。又下乡!"昨天不是才下吗?"她问;她能感到人家的眼珠在她身上滴溜儿,证明她没有白费功夫,可是到底白费了,人家告诉说他去抓计划生育工作,要蹲点个把月。她只好跟人家要了他的小灵通号码。回到家,拨通了,韩其心问她是谁,"不认识啦?"她说。电话那头却没声音了,她"喂"了半天也是这样,最后中断了。她疑心乡下的信号不好,想他总会给回拨,于是候着。

来了几个电话,都不是韩其心的,她的话很省,匆匆就挂了,生怕韩其心来电时占线。但是直到天黑,直到晚十一二点,她还是没有接到韩其心的电话,她有些生气,有些疑惑,一遍又一遍地去检查自己的电话是否关机,是否欠费停机,但都没有。他究竟怎么回事?竟然忘了她?——连摩托车上的那点温情那点暧昧?不会!女人的直觉使她坚信:他会给她来电的。

她一直机不离身，但是第二第三天还是没见来电，她于是故意的给别人打电话，长聊，想让他来电时占线，让他尝尝占线的滋味儿。可是无论跟谁聊了多久，最后挂了都没有他的来电显示。几天前他们通了一句话的电话，他会不知道那是她？熬不住了，又拨过去，通了，然后断了，她只"喂"上几声；又拨，"对方无应答"；再拨，"对不起，你所拨的电话无法接通"……她一屁股蹾在席梦思上，急得要哭起来：什么意思？什么意思？想把我忘记？没门！

他没有忘记她，但不敢想起她。下乡蹲点抓计划的工作是他从领导那里领来的；蹲点期间，同事告诉他她到单位找他几次，这使他害怕。"蹲"完，他更不敢回单位了，恰好领导要派员到省里开会，他马上抢了这个工作。但是，两天以后，他又回单位了，到底这是自己的"庙"，离不了的。

他就这么提心吊胆地在办公室里上班。好在现在办公室有了电脑，他可以在上面搜索、浏览、玩QQ，看他爱看的，干他爱干的，但他的心思又不能全在上面，他老要留意身边的和门外的东西。听到女声、见到女裙、闻到女味，都会发悸，老觉着心慌慌的。这样的上了几天，不见她来，他心上的石头才渐渐地落下了。但是，落下石头之后，他有时竟会产生某种盼望，对于那女裙的盼望，当然，这种念头很快会被打消。

生活重归平静，日子好像也就这么过：上班，下班，吃饭，睡觉，有时陪老婆散散步。发生的一切都成过去，过去的事情轻轻一抹，就没有多少留痕。幸福从来都不肯刻骨铭心，何况这所谓的幸福还带着罪恶。正在他要把她忘记的时候，生活似乎是给他开了个玩笑：有意无意间让他们有了一次邂逅。

那一天,他和妻去逛超市,他在一边的货架看货,妻在另一边推着推车采购,冷不丁斜侧里冲出个女孩,撞得妻摔在一边,推车也摔了。叮叮当当,洗发水、饼干等物从车篮中倾出,撒了一地,酱油瓶、牛奶瓶摔碎了,暗紫的酱油、乳白的牛奶流了出来。超市里马上拢围来好些人:售货员、购物者、保安等。韩其心赶忙去拉起妻,一面回头看那撞人的女孩,却见女孩瞋目而视,完全没有道歉的意思。

"你瞎了眼了!"妻骂。

"对不起,我没看见!"女孩说,同时转嗔为喜,一副猫哭老鼠的表情。

"你、你个不要脸的妖女!"

"咋着?你才不要脸!"妖女转喜为嗔,要走,保安赶紧拦住。

"这个够不够?"妖女给出一百块钱。

"够了够了。"保安说。妖女便扬长而去。

"你、你站住,你给我站住!哎哟——"妻抚着腿。

韩其心挽着妻,一句声也没出。他认识那女孩,她就是小莹。

回家路上,妻是满肚子的气没处出。回想那妖女冲撞过来时还用胳膊肘顶,推,这显然是有意恶搞。有什么仇呢?她并不认识那妖女呀,这究竟是怎么回事儿?问丈夫认不认识,丈夫摇头,她便又愤愤地骂那妖女,骂完,忽然问丈夫,你那时怎么不去逮住她?他支吾一下,说,当时只顾得扶你起来,什么也没想。又骂,絮絮的,解了些气;歇一下,忽然觉得丈夫不对:"我被人欺负,你怎么一点儿不生气?"韩其心答不出来,只说没摔伤就好。文芳把双狐疑的眼留在他脸上。

一个男人是不好夹在两个女人中间的，否则你就是吃了黄连的哑巴。遇到这样的事儿，韩其心只能无所作为。他知道小莹在报复他，但是用这种方式，伤害到的不仅仅是他，还伤害了他的妻……他没有办法回应她，也就没办法"还妻一个公道"，只有回避，希望游戏到此结束。但是游戏没有结束。

坟头插花（5）

这几天右眼皮老跳，问母亲是什么兆头，说是左眼福，右眼灾，怕是还有灾祸，催她问"仙"去，她不知道去哪里问，母亲便带她去。一问，右眼皮跳得更厉害，心下就忐忑。"仙婆"说她印堂发暗，主凶。说得她心口怦怦。求问怎么解，仙婆说得慢条斯理，最后吩咐她提只鸡，买把香来做法，她马上提来买来了。仙婆喝她跪下，然后天威震怒，喝一句她磕一下头，磕一下头掴一下钱。她把头磕得要破，钱掴得要光，仙婆戛然息怒，挥一下手，说是好了。她才千恩万谢地爬起来。

"统共花多少钱？"回来丈夫问。她没在钱上计较，丈夫却说："她是仙婆，为何还要钱？"她马上叫丈夫掌嘴，丈夫不掌，她一泡口水唾过去：呸，你个破嘴！唾完还怕神灵记怪，呸呸着燃起一根木柴，然后用水浇熄，扣上个碗在冒着烟的柴头处。这是母亲教的一种浇"臭口"的方法，很灵验的。也有在一道符上写个"口"字，把"口"钉在门框上的，叫"钉背口"，可惜她不会写字，当然，她现在已开始学认字，买本识字本，得空便问丈夫怎么读，她盘算着什么时候开始练写，想不久就可以钉背口的。

"臭口"刚浇完,她的眼跳没了,这才安下心来。不料正是她安心的时候,事儿还是没听仙婆的,它不折不扣地冲着她来了。

第三节 一顿晚餐

小灵通响起,一看号码,小莹的,不敢去接,任它响。"你好!"抬头一看,竟是她,原来人家是看着他拨的。他愕然而立;她落落大方地款款而来:"下班了?"他点头,不知道她要干什么。她穿的是很"骚"的腈纶面料运动服,鲜艳的橙色遮不住或粉红或雪白的肌肤。

"能帮帮我吗?"到他面前停住,声音银铃一样。

"什、什么事儿?"他的话有点儿生硬。

"别紧张,就聊聊。"向前挪了一步。

"聊什么,我、没空。"

"大哥,"拉住他的一只手摇着撒娇,"占用不了多少时间,就一会儿嘛!"

"可、可是,我家里还、还有事儿。"挣脱出手。

"大哥——,什么事嘛?"又拉回去手,摇着,那摇着的手触到她光露着的腿。他赶紧把手抽回来,同时四下里看看。

"怕什么嘛!"又来拉他的手,"我说大哥,如果你不帮我,我的毕业论文就完不成,就不能毕业了。"

"可是——"

"别可是了,你不是答应过要与我聊聊的吗?"

"只是——"

"好了好了,算小妹求你了,行不?"她推他去开摩托车;他像是泡软的泥,被人捏着。

上了摩托车,他问她去哪里,她笑笑,没有说。摩托已经开动,驰不多远,又问去哪儿,她说了一个酒家的名字,他问去那地方干什么,她说去了就知道了。他不知道那地方在哪儿,问她,她以为他是装的。摩托车向她指给的方向开去,她从后面搂住了他……

在一个包间的餐桌前,她的笑盛开的玫瑰一般,眉目之间含有万般情意。他问这个地方消费是不是很贵,她让他放心,"大哥是百万富翁的人了,还用得着计较这点小钱吗?要不,单我来买。"他想告诉说他不是百万富翁,见她话里含嗔,把到口的话咽回去了。在餐桌前,他决不定自己是否当坐下来。她噗哧一笑,让他坐下。

她要了两瓶酒,点了几样菜。他不晓得那酒,只见它是红的;也不晓得那菜,只感到它的色香跟家里的不一样。想到妻子可能还在家里等着他回家吃饭,他的心慌了;想找个借口开溜,可是,找不到借口;人家大学生的眼睛脉脉地看着他。上到第二个菜,他却认得这碟中物,是龙虾,听同事说起过,在图片上见过。她说这是清蒸龙虾。一问价,他还是吓了一下——虽然早知道这东西很贵。他很尴尬,说自己没带那么多钱。她笑笑,举起来手中的杯:"这一杯谢谢大哥帮我。"一饮而尽。他不大能喝酒,干了半杯,然后杯放在桌上,人站着,仍是心慌:她一个女大学生能买单么?单必是他买,可是,他不够钱。她的心思却全不在这买单的钱上,看着他那杯中的剩酒,不高兴了,百媚千娇地给他使眼色。他干了,有些为难,不知不觉坐了下来,她满意地给他夹菜。一杯下肚,他的心定了下来,胆气跟着上来,滴溜儿的眼睛停在了它想要停的地方。她的臂白里带红,浑圆鲜活,她的唇红润水亮。他看得心酥了一下,赶紧低了头,伸筷去夹菜,没夹起来。又一杯,她又给他夹菜。红酥手,黄藤酒……他半个人都不是自己的了。"这一杯祝我们——将来——幸福!"她站起举杯,他正想应杯,小灵通响了,一看号码,是妻,才想起晚饭时间到了,妻准是催吃饭。一接,妻说孩子发了高烧,要送去医院,他让等他回去送,他马上回。挂了,然后起身欲走。她拦住了,把着杯:

"大哥就狠心撂下我一个弱女子?"

"去、去去就回。"

"那也不急在这一时半刻,先干了这杯吧!"说着把他扯坐下来,一只玉臂从后面弯过来一只酒杯,就在他的嘴边,那只有女人才有的放酥的东西又贴在项背上,"这是小妹对大哥的情意。"

他不由自主地喝起来,她控着杯中酒,让他慢着喝。那酥的感觉便由肌肤入血液入骨髓。酒是由口入喉入肚,热气是由肚底往上升,慢慢的,共着肩背处的女人的体温,要把他整个人一齐烧掉。

这一杯下肚,她坐下来偎着他;他的手就在她的大腿上,那是一个女孩子的……应该把手抽回来,可是,没有抽,他好像没有力,好像支配不了自己身体的任何一个部位。他完全忘了才和妻说的话,钉子一样的钉在了板凳上。

"大哥你要是对小妹我有情,再干了这杯。"举着杯,那笑艳得像玫瑰,眼睛满含着柔情……他站起来,那鲜妍的笑,那满盛着水的眼渐渐迷离起来，跟着，桌上的盘菜摇晃起来，整个世界颠倒了。

"大哥……"娇滴滴的，让人发颤。那只玉臂又从后颈弯过来一只酒杯，在他的唇边，他张开了口。女人的味香弥散在周身，那酥贴着，蹭一下，麻了，醉了，有点儿阴魂缠绕的临死的味道。他犯了晕，要倒。她扶着他，不让他倒，然后改而换之用怀用全个的肉身抱着……他全乱了感觉，不知道自己的什么地方被女人的什么部位拥着挨着挤着蹭着，他的精神好像被送到了九霄云外，他看到了天上的东西：有玉，有床，有枕……渐渐就有了意乱的行为……他不知道自己是被扶着躺上沙发的。

小灵通响起，他听不到：正喘在沙发上，吐着酒气。她帮他接起，想贴近他耳边让他听，这时他噁了一下，她以为是要吐了，赶忙把小灵通搁一边，用手去拍他的背。这样，这里的一切声音便由小灵通直接的传送到医院里韩其心的妻子文芳的耳根。

"大哥对我这么真心真意，小妹我真的很感动。"

文芳把听筒挤在了耳朵上。

"那个……那个……"韩其心舌根犯短。

"别急，你躺好，小妹我来伺候你……"

天！文芳的脑子嗡了一下。

"大哥你要什么？"

"要……要……"

"要小妹么？"

"要……要……"

"诶！别急。"

"我、我要……"

文芳用手捂住了嘴巴,生怕自己哭出声来。

"好!只要大哥对小妹我真心……"

"要……我要……"韩其心要的是水,可是他舌根犯短,如何也说不出这个"水"字。"不要急,大哥别这么动手。哎呀,这么吧,小妹问大哥几个问题,大哥千万不要隐瞒小妹,不要欺骗小妹……"

"哼哧,哼哧……"

文芳跌了一下,幸而有长形的电话台护着,人才没有摔倒,但是,听筒摔挂下来,磕在电话台侧,接着连机座一起扯摔在地上,乒乒乓乓,医务人员闻声赶来……

韩其心醒来时已经是第二天,醒来一看,这是什么地方?一摸口袋,钱不见了。才零星想起昨天晚上的事儿:她人呢?甩一甩头,这是什么事儿!他韩其心干了什么!

出到包间门口,服务员客气地对他说:"先生,您还没买单呢!"接着过来个保安,盯了他一眼,他于是被"囚"在包间。

坐回沙发,才发现小灵通也不见了,他懊悔地有些费力地去想昨天晚上的一些事:她问过他中了多少钱,仿佛是;她懊恼地骂他穷光蛋,仿佛是……

当妻子拿钱将他"赎"出去时,他几乎要哭出声。妻没理他。他开摩托车要载妻回去,妻不让,一路气鼓鼓地往家走,他便推了摩托车屁股后面跟着。一路跟,一路意识到问题的严重:自己那是犯下了什么,对妻子该是多大的伤害!

第四节 连夜寻夫

回到家,他不知道要说什么,她也没说什么,直到晚上夫妻上床各抱一枕的时候,也是这样。

没人去熄灯。在床上,她大睁着眼,眼睛流出了泪;他也流泪。两个人无声地各流一枕的泪。

"为什么这样?"她问。他无言。

"我错了吗?"她说。他无语。

他要给她揩泪,她推开他的手;想说句道歉的话,可是没说。她没骂他,没打他,他的泪更来。

他起来熄了灯。

第二天,他一整天都没归家,从日出到日落。"随他去吧,这样的老公!"她想。可是,这是礼拜天,他不上班,能上哪儿而不归家呢?——太阳都落山了。"该不会出什么事儿吧!"她有些担心起来。然而一个大老爷们能出什么事儿呢?该不会又和哪路的妖女钻进什么包间出不来了吧!她不愿去担心他了。母亲催她吃饭,劝她不要等他,可是,她没有心思。从窗台爬进来的一抹夕阳不知什么时候溜掉了,窗外晦暗起来,人们都回家了,连窗下不远处的那个姓赵的鞋匠都已经收摊——他每天总忙到很晚。整一个白天没音信,丈夫还从来没有这样。小灵通没了,从她这一面已经联系不上他,可是,家里还有电话,他可以往家来电的,他怎么了!

想起他昨夜的泪水,想起他也是一夜未眠,想起他临出门时怜怜地看着她,然后又去看儿子……丈夫是个脆弱的人,万一有什么想不开……她的心悬了起来,她坐不住了。

给丈夫可能联系的人打了好几个电话,都没音信。去找,该找的地方都找遍,可是没找着,直到凌晨两点才披星戴月而归,到家以后就坐在电话机旁,盯着话机,可是电话始终没响。出去找的时候,有两个路人说白天见过丈夫,"失常了似的,跟他打招呼他也不睬,只顾走他的路,也不知去哪儿。"……

她时而坐坐,时而站站,时而守在电话机旁,时而走到窗台望望,走到门口看看,门始终开着。没有办法,她报了警。

见女儿回来没魂似的,母亲起床劝她吃饭,劝她睡觉,她说她不饿,不困。母亲见劝不动,叹一声气,自己回床睡去了。

丈夫是没带一分钱出去的,他能干出什么事儿来?难不成要去找那"包间女"而弃她和孩子不顾,像昨晚那样?不对,丈夫不是那种人!可他事儿都干下了,她——一个做妻子的从电话里亲耳听到、亲自用钱把他赎回来的,这是不争的事实。他怎么会干出那种事儿呢?一时鬼迷心窍?或者叫人勾搭?什么男人!两宿都没睡了,可她一点儿都困不下来。

天亮的时候,电话响起,她急忙抓起话筒,是警察,说她的丈夫现在在医院。她的心提到了嗓子眼。

文芳到了医院,韩其心已经睡过去,医生告诉说才睡,苏醒过来没多久就睡;说没事儿了,他太累,可能受到什么打击。她附耳问医生烧退了没有,医生说退了些,没退完。

原来韩其心一大早出门就感了风寒,然后带着风寒,没有目的地一路走,到海边的一块礁石上坐下了,那是他和妻坐过的地方。他坐了一个白天一个夜晚,大约因为发了高烧,或者是饿昏了,但也许是他自投到了海里，总之是天亮时被一个好心的渔民发现，把他救上来，然后拨了110报警，等警察赶来时，只见他躺在礁石上淋淋漓漓一身水，人早不省人事。

她小心翼翼地给他扯盖好被子，轻轻地坐在床头，看着一夜之间老去的她的男人，她的泪静静地淌了下来。

第二天，韩其心出院。办完出院手续，夫妻并肩从医院里出来，一路无语。出到院门，文芳说家里已经煮好了饭。韩其心像没有听到，只顾往前走，他情绪低落。

韩其心在医院时，丈母娘一眼也没去看他，出院后，丈母娘絮叨上了，怨女儿命苦，说女人就怕嫁错郎云云。以前听这样的话，韩其心只会对丈母娘不高兴，现在不然。丈母娘的絮叨是无休无止的，像是梅雨，连绵不绝。

对女儿就不止于这么泛泛的絮叨，直接劝离：在外面寻花问柳包二奶，这样的男人你还跟他过？何当是嫌你老了，嫁不出去了？

文芳不喜欢母亲这样说自己的丈夫，她以为丈夫并不像母亲说的那样，许是一时糊涂，误入了歧途，她甚至想这其中应该有些不为她所知道的东西，譬如说丈夫中了迷魂汤，那妖女给他下了春药……可是，他是怎么进的包间呢？……现在，她更多的不是去想这些，而是去想她应该给丈夫什么，好让丈夫振作起来。母亲絮叨多了，母女俩有时就吵，吵得不可开交，母亲骂她傻，把老公让给那些个骚货；她流了泪，求母亲别再说了。母亲想的是更远一些的：离后，房，家具什么都可以不要，就要个外孙；万一韩其心坚决要孩子，那就给他得了，一切从头开始；只要离了，什么都好说，好日子就会从头开始。这样的争吵一般发生在韩其心上班不在家时。

韩其心并不知道母女在背地里吵，也觉不到母女之间有什么不对，他的心有时很乱，人有时麻木，他几乎失去了对世界的感觉能力，只觉到自己罪孽深重。那天以来，妻并没有骂他、打他，这使他的心里更不好受。他整天愣坐在沙发上，眼睛直着，像在看什么，其实什么都没看。但是，家里新添的一样玲珑剔透的玉做的大约很贵重的什么玩意引起了他的注意，他知道那不是妻买的，妻没这个爱好，更舍不起这个钱，但他没去问那是怎么回事儿。

　　有次下班回到家门，隔门听到母女俩吵，他于是没进门，踅到楼下一个去处呆了个把钟头，回来却不见丈母娘了，儿子跑过来说外婆生气回家了，再不来了。只见客厅的地上撂着一个金戒指，那个大约很贵的玲珑剔透的东西摔了个稀烂。妻子在卧房里啜泣，他一进房妻子便投进他的怀里哭。原来那玩意那金戒指是丈母娘从钱多多那里得来的。他没说什么。

　　他理解他的妻。妻是这样坚贞，圣洁，他呢，污浊！他的污浊是万不可恕的。想想这些年他给了妻什么？给了什么！

　　妻约他散步，他点头，跟着，并不在一起。妻走几步，就老要停下来等他，看他，他不敢看妻。她过来牵起他的手，往前走。

　　如果不是亲耳所闻、亲自"赎领"，文芳断不会相信自己的男人背叛了她，即便听人说自己的丈夫和一个女孩单独进包间，她也相信他不会做出对不起她的事儿。可是……那究竟是怎么一回事儿呢？看着一向诚实的丈夫的脸，她越来越觉得疑惑，她想听听丈夫的解释，可又不便旧话重提，她知道这件事情也给他造成很大的伤害。算了吧，夫妻在一起了，还用得着疑惑什么追究什么呢？有什么比现在夫妻手牵着手更重要呢？她把那个疑惑推到了遗忘的角落。可是，就在那个疑惑将忘未忘之时，一个偶然的机会解开了这把锁。

那天，文芳到赵鞋匠的摊点补鞋，赵鞋匠边补边和她聊上了。赵鞋匠说他儿子在某某酒家当保安，那次见到韩其心带一个女孩进包间，那女孩他儿子认识，是张百万先前的女友，叫麦小莹，张百万叫她麦麦，早不和张百万来往了；张百万先前是他儿子的老总，破产以后到处躲债，连他儿子的工钱都躲掉了……

"那么在包间他们干了什么？"文芳问。

"不知道。我儿子说，有个服务员去送汤的时候，在门外听到那女的气急败坏地说：这么说真的只中八千？她敲门进去，只见两个人的衣服都穿得好好的，男的已经烂醉如泥，躺在沙发上闭着眼吐气，服务员出来不久，那女的就出来了。"

那么说他们之间没有事儿；麦麦是冲着丈夫中奖的钱来的。这个妖精！

她可怜的丈夫！

坟头插花（6）

夜寂寂的，她去找她的夫，一个人走进一条空空的巷里，心惊胆寒，走着走着，猛一回头，又见一个黑影，那黑影见她回头，赶紧背过脸去，她惊叫一声，跑掉了一只鞋。回来已是夜间两点。

这以后母亲为她请来了道士，作了法，捉了"鬼"，她亲见那鬼被道士剑杀了，血溶在瓷盆的水里，殷红殷红的。可是一不留神，那鬼影还会出现。做了几次法，道士投降了：这鬼太厉,另请高明吧。可是再怎么请也都降伏不了他。

丈夫疑心那是人,说要帮她捉"鬼",她也不知道那是鬼是人,是一个是几个,只知道好恐怖。可巧的是丈夫一跟她在一起,那黑影就不见了。难道真像丈夫说的,是自己精神恍惚的幻象?不会,她看得很分明。

这些天那个黑影老在心中晃动,每每独步街头,她都闹不清那是人的世界还是鬼的世界。瞧街上那攒动着的,不知道是人头还是鬼头。她担心自己因此闹病,有时甚至上市场买菜,都要等夫下班回来陪着她才去。

第三章 爱的礼物

第一节 结婚纪念日的礼物

韩其心想过自杀,但没有自杀,那天在礁石上是坐得太久,想得太多,不小心滑到海里,没力爬上来——幸而来了一位渔夫。出院后,妻子没再怪责他,他却仍没原谅自己,暗骂自己污浊,觉得自己是亵渎了一份纯洁美好弥足珍贵的情感。妻劝他别多想,说她也有做不好的地方,否则自己的夫不会"失足":不是么,自己两年来身子都不好,房事就少,没有尽到一个妻子的责任。说着,两个人相拥而泣。

每每,韩其心要启动心爱的摩托车,心里都无限愧疚:它本来应该是女式的!这种愧疚使他的罪恶感加剧,觉得欠妻的太多。妻是细心的,这几天得空就跟她的夫散步,说些无关紧要的话,或者坐在一个僻静处,偎着他,静静地沐着夕阳。韩其心心里的阴霾渐渐消散,他变了。

他学着下厨炒菜做饭,洗衣拖地。但是活计粗糙,做出来的饭菜连他自己也不爱吃,洗出来的衣服拖过的地板往往要妻子重整一遍。妻子见他那乖乖样,忍不住掩嘴而笑:"你们男人都是这样的吗?"他跟着笑,大约听出来那话外之音,嘿嘿着,不大自然。他变得有些细心起来,妻吃少了饭,他会用勺往妻的碗里添饭,妻有些不舒服，他会去揉揉、捏捏，回头洗削个苹果，煮倒点开水，甚至妻下楼去找个聊伴拉呱儿，他也会跟着走一段。"跟屁虫吗？"妻笑着，他跟着也笑，嘿嘿着，自然不起来。

结婚五周年快到了，这样的日子以前他都不记得，妻记得，都记得，备上一餐较平常丰盛些的晚餐，点几支红蜡烛，然后给他送个精致的烟灰缸，或者一双皮鞋，或者一个别的什么小小礼物，每一次都有小小惊喜，每一次他都感动；就是自己没给妻送过什么！

看看这个好日子要到，妻月前就说这次非比寻常，要给他一个大的惊喜。妻总能花样翻新，令他开心。他那时就想，这次应该回妻一个惊喜。应该给妻送个礼物，可是送什么呢？妻是很容易满足的人，也许妻并不需要什么，一声问候，一个微笑，或者一句关心的话，这不是夫妻之间最好的礼物吗？妻就说过金山银山比不上我夫对我的心，妻选择了他，不就是选上他这颗心吗？可是，这颗心也曾迷失……如果有个表达心意的礼物，哪怕是小小的礼物，感觉就是别样。又想到妻的那个梦，女式摩托车的梦，可是，没钱，他一分余钱都没有。想到妻的梦他不能帮着实现，他的梦妻却能帮着实现，那辆男式摩托就是最好的证明，他的愧疚感又来。男式……他忽然有了主意。

文芳早想在结婚纪念日那天给丈夫送部崭新的电脑，可是那张包间单把她一年的积蓄都掏空，买电脑成了泡影。钱是这么点儿，送什么呢，那天？她想到自己的丈夫骑在摩托上，连一套得体的衣服都没有，于是想到要买套新的"摩托服"。她已经看上一套，在服装店问好了价，可是还短着些钱。这使她很着急。

晚上，文芳下班回到家，并不开心，躺在床上一直没睡去的韩其心感到了她的异样,摁亮灯,她马上背过身去用手捂住脸,但那没有逃过他的眼睛,她耳根连左腮处有几条抓痕,问是怎么回事,说是自己不小心抓伤的,他忙拿了些敷伤的药,轻轻地给她敷上,然后回到床边。自己不小心能抓伤自己的脸?这显然是撒谎,但他不再多问,已经十二点半,太晚;见她又瘦了些,一面责她老加班,一面劝她快点休息。他熄了灯。

他哪里知道她和同事刚打了架。是这样,她去加班,却见那个只需一个售货员当班的货架还来另一位售货员小姐,是我加班你加班?两人于是争执,才知道领班安排了文芳,经理安排了那小姐,经理因为忙,忘了跟领班打招呼,才出了这种差错。文芳这几天都加班,很积极,领班于是电话通过了经理,用一废一,那小姐不服气,争着吵着就和文芳打起来,那小姐抓伤了她,她揪住人家的辫子揪哭了人。她后来才知道那小姐的母亲病重,无钱医治,才抢着加班。商场发动给病危的小姐的母亲捐款时,文芳也捐了钱——把就要够买"摩托服"的钱的一部分捐出去。这样,她的"摩托服"计划面临流产,看看日子要到。

结婚五周年纪念日到了,那晚,夜幕降下来,蜡烛点起来,一家人围在餐桌前庆祝。韩其心觉得桌上的每一样菜都是专为他做的,很可口。他很开心。他今天给妻送的礼物是一辆女式弯梁摩托车,问妻喜不喜欢,妻苦笑着点头。她实在不太能高兴得起来,不是太怪丈夫不小心,致使今天他的摩托车给偷了,主要是心疼:那仅仅是钱吗!

他搂着儿子,给妻夹一筷菜,一面安慰说他已经买一辆旧的,还可以用。旧的,她看过了,喜欢不起来。

第三章 爱的礼物

女式弯梁车有好几千的价,夫怎么有这么多钱?问他,他不说,她便怀疑是挪用了公家的什么钱,紧张了,他说不是,是他加夜班得来的。他加夜班才个把月,得不到这么多钱,她知道,可是他让她别多疑,说男人有男人的办法,她便不再猜疑。她今天给夫送的是一套崭新的"摩托服",她直到今天还没凑足这套服装的钱,是她和店家说情,保证半月内还完不足的钱才半买半赊而来的,可如今夫的崭新的摩托车没了,这"摩托服"还当什么用?……受过妻送的"摩托服",两个人惨然一笑。

但是,纪念日后,文芳要给她的夫下一个惊喜时,有一个事儿让她连惨然一笑也笑不起来。

第二节 又卖摩托

文芳亲切地把夫送她的弯梁摩托叫弯马。骑在弯马上,心里总无限惬意。她驰得很慢,生怕不小心碰着擦着了丁点儿皮,留下了丁点儿刮痕。雨天是不会驾驶的,宁可走路,只怕弯马沾了雨水长了锈;晴天也不稍马虎,每次下班回来,她都细细地抹洗,那抹布连车轮车轮护板底都抹到,她的弯马便什么时候都锃亮。有女人见她的车新,想试试手。"使不得,这弯马质量差,一换手准出毛病。"她说。女人们不高兴了,扎堆在一起就吐舌。

"质量差?哪个的车质量就好?那年咱的车她还借过呢!"说话的是一个五十岁上下的女人,人称"老好嫂子",其实她不服老,看,头上还戴朵花儿呢,红的。

"哼,我的车买回来的头一天就让人试。"

"她的东西呀，摸一下都不行。"

"就是抠门儿！"

"我看啊，是中奖喽，瞧不起咱们喽。"张嫂给定了调。女人们依调调弦：

"有几个臭钱就看不起人。"

"哼，多有钱的人我没见过？就没见她这样的，眼睛都长额头上了。"

"哪天开车撞死也未可知。"

"她穷的时候跟狗一样，一副可怜兮兮的样子。哼，亏得那时还可怜她！"

"诶，诶，知道吗，"老好嫂子招招手，女人们马上会意地凑过来，"要离婚了，房子是小韩的，摩托是她的，啥都分好了。"

"噢，不怪她妈老说小韩的坏话。"

"什么要离婚，手续都办了。"张嫂的新闻更新，耳朵们齐刷刷又凑过这边来。

……

文芳并不顾得人们怎么议论她，骑着弯马她喜欢对人说，这是我老公送我的；她觉得弯马就是她的命。她从来不会把摩托车停放在太阳暴晒的地方，哪怕只一会儿。如果要买一个小物件，卖店门前附近没有停车的阴凉处，她可以把车停在百几十米远的树荫底下，前后上两把锁，离车时一步一回头的警视；进店购物时，售货员的动作慢点儿，她会乘隙跑出来远远望望她的弯马，看看还在不，她不能不小心。丈夫就是不小心失的盗，这是前车之鉴，她再不能犯同样的错。

第三章 爱的礼物

开出两把锁,弯马又开起来。它行得很慢。慢就安全,还可以赏览流过的街景。这几年,城里新添了一些新楼,拔地而起,巍巍如山,就是比旧楼高,就是比旧楼大。瞧那一幢一幢新的,六层、八层、十二层都有,已经不用旧楼那样的外墙瓷砖,只上一种丈夫说是"沙漠绿洲"的涂料,配合着窗台楼顶的罗马线、红琉璃等装潢,煞是好看。来到一个红灯区,她的弯马也停下了,后面跟着停下很多车:小车、摩托车、三轮车,它们都在等绿灯。小车的款式真多,要是有丈夫在,她准会问:"是不是中国加入WTO了,小车才这么多?"——丈夫最近就爱什么都跟WTO扯在一起。在等绿灯的当儿,你可以放眼到路旁不远处的一个大的商场,那里进进出出有许多大人小孩,很见热闹;这个商场与她上班的商场南北对峙,各踞一方。绿灯亮起,弯马又往前行。慢慢逛吧,今天她们的商场小做装修,歇业一天,她有的是时间。丈夫还在当班,她把幼儿园里她的孩子接出来,溜在车上。"妈妈,我们要到哪里去?"孩子问。才发现弯马已经偏离回家的路。"索性逛逛吧,行不?"她忽来兜风的兴致,征求孩子的意见。"我要买玩具。"孩子有孩子的兴致。吃的可以,她就反对给孩子买玩具,但是,今天她答应了,不能自己有了弯马,孩子要个玩具都不给。于是下车买玩具。孩子有了玩具,在车上就多话,又说又问,他说自己是喜羊羊,妈妈是灰太狼,妈妈不答应,说自己又不灰,怎么做灰太狼。"那你做怪兽,我做机器人,可以了吧?奶奶说你怪怪的,说不定什么时候咬人。诶,你咬过奶奶吗?"……她让孩子别乱说,搂紧自己。

弯马继续向前。这年头,城里的公路有了许多改善,一些公路拓宽了,一些公路由柏油变钢筋水泥,路面有些毁损能及时修补,这样，车开在上面就平稳；再往前就到新建成的环城路，叫二环路，往外还有三环路。二环路边已经起了好些新的建筑，虽然稀拉，却也有许多新气象。由于它，城市扩大了。她想上三环路看看，听说那里新建了个火车站，好大，直通全国多个省市，老公几次说要带她去看看，都没去成，现在不如由她先探探路。可是这么"信马由缰"着，弯马竟偏离了通火车站的路，拐到了一条两旁绿化很好的公路上。这里直通国家二级重点工程的化肥厂和新投入使用的火力发电厂，都说两个厂子的效益很好，可是污染太大，最近附近村民有意见，经常上公路来闹事儿。据说见车就拦，拦不下就打；最近又听说政府从省城调来大批兵力，还使用了催泪弹、"烂脚炮"。她害怕了，连忙踅回来。看看有点儿晏了，也不去火车站了，就往家的方向回。

"爸爸，是爸爸！爸爸！"孩子在车上喊。她把车靠停一边，果然看到自己的丈夫在一家打字店门前开车锁，腋下夹着一叠文档。她喊她的夫，可是太远，他没有听到，匆匆骑上他的旧摩托走了。夫是省俭的人，不急他不会到营利店打字。唉！都因为家里没电脑，夫的工作被动才这样的；她知道她的夫时不时到同事家借用人家的电脑，时不时又到店家打印，唉！没有电脑，却有一个U盘。她都听到人家的女人议论了，说是中了奖都舍不得买部电脑的钱，又要去占着人家的，"哼，抠门！"更难听的话她都能听，可她怕丈夫听到。

丈夫这几天好像有什么心事，她担心丈夫是不是听到了什么议论，这个担心让她两天都没睡好觉。

弯马来到一个摩托车修理店，这里兼做着倒手摩托车的买卖，

第三章 爱的礼物 69

她把车卖出去，折了一千块钱。正没离开，一辆崭新的铃木摩托开到她面前不远的地方停下了，她眼睛一亮：这不是夫日前失盗的摩托吗？几步奔过去端详车头方向盘转轴外侧，赫赫然是这么几个字：爱妻送。是了！

"唉呀，抓贼呀！"她忽然叫起来，紧着一下奔过去，眼疾手快地抓住了那才下摩托的司机的手。人们一下子拢围过来，那司机没有挣脱抓他的手，只吃惊地看着她：

"什么？"司机说。

"快抓住他，他是贼！"她激动得脸色发青，转而两手抓住这男人的衣领，"快，那，那摩托车、是、是我、我的，我、我丈夫的。"

没有人帮她抓贼。一个女人闹着挤进人群，她以为是要帮她了，不想人家气汹汹地要撕开她的手，撕不开，却掴她一巴掌。两个女人随即打起来。

"你疯了，才花钱买的车⋯⋯"人们把她们拉开后，那女人闹。

"瞎、瞎说！我、我是失的盗，上、上面还、还有字⋯⋯"不顾那女人，又去抓那男的。

⋯⋯

事情很快就弄个水落石出，原来车不是被盗，是两个月前丈夫才在这儿卖给店主的，折了一千块，店主很快又转给他弟弟——刚才被文芳抓住的"贼"⋯⋯人家还拿给她看那摩托的购置证、发票⋯⋯她惊得目瞪口呆。

丈夫哄骗了她，就像她现在也想这么着哄骗丈夫，说是弯马被盗，然后给丈夫买部电脑。丈夫，她的丈夫！看来，拿这卖"马"

钱就买电脑是不行的，因为如果就买，指不定丈夫什么时候攒足了钱，又变卖了还回来一辆摩托。真是折腾钱……她不敢想了。

夕阳在她的身后拖出一条长长的尾巴，她牵着孩子的手，走在回家的路上。孩子刚才受了惊吓，哭得厉害，现在好了。有几辆出租三轮车见母子走在路上，先后放慢车速问她们要不要坐，她摇了手。离家只四五公里，走走就到，用不着花这个钱；哪怕回得晚一点，做饭迟一点，一家人吃得晏一点，亦无不可。但是，她走得蔫头耷脑，心里空落落的，有点儿郁闷，有点儿失意，有点儿茫然。"钱，钱……"她痛苦地想。她不知道这个世界怎么了。快到家了，天已漆黑，路灯早亮了，人家的灯火次第亮起来，她觉得好疲乏，懵懵懂懂，竟忘了今天发生了什么，一摸口袋，是钱，一沓，才想起刚刚卖了弯马。"电脑不能买了。"她的头脑闪过这样的念头。

可是，弯马已经卖出，得来的钱做什么呢？夫也不能没有一部电脑啊！怎么办呢？

第三节　开鞋店

文芳又想到摆烧烤摊，说当售货员清闲是清闲，只是不来钱，问丈夫有什么意见。韩其心没有说话，他还没有从妻的弯马被盗的痛心中回过神来。当然回不过神来的。两辆摩托，接续被盗，你说这是什么命！那被盗去的，仅仅是两辆摩托吗？仅仅是夫妻多年的心血吗？岂止！他实在了无心情，饭也吃不下，觉也睡不好。这时候，妻的什么"从业计划"他连半句都听不下去。很快，他的痛心的情绪引起了妻的注意，妻开始劝慰他，他于是"高兴"起来，他惭愧地觉得应该是他安慰妻,而不是妻安慰他。一个大老爷们!

关于妻从业的讨论,历时两个礼拜。韩其心认为还干售货员好,别见人家有钱就眼红,累着了身子骨赚的就都送医院了,文芳却以为摆烧烤摊好,说是自己身体已好,用不着操心。夫妻说着就吵上了,韩其心说摆烧烤摊你自个儿摆去,我可不管;文芳骂他懒,说他到底是怕摆烧烤摊累着自己帮忙……最后是决定开一爿鞋店。文芳认为这个也赚钱;韩其心知道她这个"认为"准是得自岳父大人,她最听她爹的话;他自己也觉得那是一个不错的选择,开鞋店就便亍了,也不太劳妻,如果生意还可以,晚上他也可以帮下手。但是,从业的本又让夫妻俩揪心起来。文芳说一个小舅已经答应借给几千——实际是卖弯马所得,她再向别个亲戚借借看;韩其心可是没有办法,他真的害怕去跟谁再开借口。经过艰苦的拼凑,怎么省算还是短着千把块钱。短着这点儿钱,货就不能进,文芳价日里奔走,回来又把眉心锁上了,为凑这点钱,她简直要疯掉。

疯掉归疯掉,钱还是凑不到,最后让韩父知道,事情才有了转机。那是韩父几十年来藏藏掖掖的捆了又捆的两千块钱。当韩父把这捆积蓄拿出来时,老伴和他交火了。

"这点儿家底,留着防病防灾的,咋就倒出来啦?"从厨房出来,把双湿手揩在围巾上。

"没你的事儿。"

"唉!数什么劲儿?数来数去还不就那几个钱?"掇条凳子坐了,捣她的酒曲。

"咱儿媳正等着它开店呢!"没抬头。

"啥?你疯了,儿媳开店关你屁事儿!"停了捣子。

"咋说话的,那是你儿媳?"

"嘿,儿媳。儿媳管过咱死活吗?病了咋办,谁管?去年你病成那样,儿媳问过一声吗?"又捣。

"咱儿问就好。再咋着,她也是咱儿的媳妇儿。咱儿,你也不管?"

"这——,我管不着!我管他大,管他成家,还能管他一辈子?"

"你个死老婆子,说的这是人话吗?他是你的亲生儿!"

"那又咋了?就你会充好人,哦,你指着儿子将来养你不养我了?"拿着捣子起身,"哟,好人!我可跟你说好喽,这点儿钱是咱的命,动不得。你倒是说说看,亏了咋办,咋办?"

"不是还没开始吗,你咋知道要亏了呢?"

"你!……她、她是做生意的料吗?生意就那么好做?——我跟你说啊,你别犯倔,这回儿可由不得你!"把捣子扔了。

"放心吧,亏不了。"

"你别不把我的话当话!"凑过去——老伴还在理那些毛票——她把手在空中一划,"收起来藏好!"

老头子见她动手,以为是要抢钱,"别!"伸手推了老婆子一把,老婆子倒退两步,站稳:

"我老婆子跟你拼了。"扑过来。

老头子忙不迭搂而扑在钱的上面。两个人于是厮抢起来。老婆子边抢边哭:

"你个死老头子,去年病得要死都没舍得掏一分钱,现在却要全掏了给媳妇,你今天要不把钱留下,我老婆子也不想活了。

呼,呼!"

"你爱活不活……"

最后是老头子得手;老婆子败下阵来,呼哧着,跌在地上"疯老头""疯老头"地骂。老头子把钱裹进塑料袋,攥着就往外跑;后面是呼天抢地的老婆子……

有了韩父拿来的这笔,鞋店开起来了;文芳辞了商场的工作。

货架在小小的店里沿墙摆放,形成一个"门"字形结构,上面整齐地摆着大小男女的拖鞋、胶凉鞋、皮凉鞋,统共三百来双。这不仅仅是文芳夫妻几年的全部家当,现在,全押上了。韩其心知道这意味着什么,他已经准备好破产以后变卖掉那辆也许是唯一能值几个钱的旧摩托,再然后辍回幼儿园里他们的孩子。文芳可不敢往坏里想,她陀螺一样转着,野马一样奔着,唯恐什么地方出了什么岔子,她是拿生命来经营这爿店的。她本来满怀信心,可是,开张那一天,她的心还是提到了嗓子眼。

因为店子在市场门外不远,获利虽薄,客人却不少。由于便宜,开张当日就销出去一百双,打烊回家细细一数,净赚120元。按这么计算,月盈利要有3600元,是她在商场打工工资的整三倍。这个计算喜得她一会儿抱起孩子,一会儿亲亲丈夫。半个月下来,生意就着她的计算走。孩子在幼儿园的接送全交给了丈夫,她是从早到晚泡在店里,中间只在店里吃个盒饭。晚七八点,丈夫带着孩子到店里接她,可她一点儿也不着急,等送走最后一个客人,她还贪心地要等上一会儿,看看还有没有来客才肯打烊。她就这么忙乎,也不觉得饿,也不觉得累。丈夫原以为开鞋店会比摆烧烤摊闲,不想也闲不到哪里去,他有些担心妻的身子,妻笑着说没事儿，他更担心了。其实，钱是能长出人的精神的，人一精神百病无，他的担心是多余的。

在他的多余的担心中，一种他不懂去担心而应该担心的东西却潜滋暗长起来，毒瘤一般，催变着人的精神方面的东西。它是爱情的毒药，家庭的分裂剂。

看着生意这么火爆，文芳开始筹划进一些新的款式新的鞋种。与丈夫商量，丈夫说，这怕是泡沫效益，等你进回货泡沫破了，就血本无归了，何况也没地儿摆呀。

"可以摆在地上。"她说。

"人啊，就怕贪心不足。"

"还说教上了，这回我偏要贪！"她拗上了。

"贪贪贪，就知道贪，先不说卖得完卖不完，你照顾得过来吗？累不累啊，你？"

"我不累。"

"你不累我还累呢！"

"等有了钱就不要你，找个人替你。"

……她就这么拿了主意。

添了新货后，她使心使力：招揽客人，推介产品，收钱找补，清点货物。有那计较一些的，在价钱上打磨，只要有得赚，赚多赚少都卖。她唯恐售不完，如了丈夫的言，于是每天晚饭后，加了两个小时的夜班。月满一结账，嘿，净赚4200，比头个月多赚800。小小一爿店，而能有这样的收入，使她喜不自胜，当然，这也多亏了丈夫。自打开了这爿店，买菜、煮饭、洗衣、拖地、料理孩子，一切的家务活儿都是丈夫操办，连接送孩子，接送老婆在内。丈夫

第三章 爱的礼物 75

在单位的工作也不清闲,可是工资真低,比起这4200……有点儿可怜起丈夫的工作和工资。

现在,是可以买电脑了,有钱了,可是,她的鞋店旁边的一爿店要出让,她想盘下来,已经跟店主谈议,就是不够点儿钱,再筹一点儿就可以盘下——如果不买电脑。

不买电脑,这是什么想法?哪怕是暂时不买也不行;可是,那家店,如果盘下来,和自己现在这一爿并开鞋店,准赚。怎么办呢?有没有两全其美的办法——既买电脑,又盘邻店?她想不出两全其美的办法,又害怕自己的想法再有什么耽误,就急不可待地搬回了电脑。

看着新买的电脑,韩其心想起他的男式摩托车,想起妻的弯马:结婚几年,家里要添一样东西,多难!

关于盘下那家店,文芳没有跟丈夫商量,她觉得夫是读书人,"百无一用",生意上的事儿,还得她来拿主意。她在那家店的出让价上加码,协议先付大半的钱,两个月内还清余款,这样,终于把它盘下。

丈夫就觉得奇怪:"两爿挤在一起,生意还不是一爿的,能增加什么客?""那不一样,你不懂。"她说。可是,进货的钱哪来?而况谁来照看这爿?她说车到山前必有路,让他别操心。他就老大的想不通,加码予人,然后自己债上加债,这算什么事儿!要是亏了,亏了怎么办?怎么办?!妻是女人吗?做事儿怎么那么大胆?夫妻几年了,就没看出来!他拗不过她;由她去。他想到的是退路,是补救——现在就准备着应对亏和亏了以后怎么办的问题。他想在单位里甚至单位外加点儿什么班,好有点儿费用,攒下来往后补亏，可是妻一天忙到晚，都是生意上的事，家务撂给了他，他根本腾不出点儿时间。他知道天塌不下来，世界不会轰然崩摧，他在，妻在，儿在，什么难他都不怕，可是，如果过几天生意冷淡，再来劝她转让掉其中一爿，风险不是小了么？看来，过些天再来劝她是很有必要的，他于是等着。他每天都觉到要出事了，要完了，人家马上要上门逼债，他准备着，他甚至准备好了把房抵出去，然后一家人露宿街头。他就这么担心着过下去日子。

"这几天生意很淡。"有一天妻说。果然，来事儿了，他虽然早有准备，可一听这话，还是禁不住颤了一下。

"怎样，卖不出去么？"他说得很急。

"也不是卖不出，就是卖得淡。"

"那，那么转让掉一爿，怎样？趁现在，还来得及。"

"哎呀，说到哪儿去了，不就是淡卖几天吗，人家说这是淡季嘛！"

"没有的事儿，生意就是这样，一淡就淡到底了，而且越来越淡，老生意人说的，你别不信。这样好不，那个雇来的工辞了吧，半个月的工钱从我工资里付；动作要快，别让人看出败迹，跌了转让价。"

"哎耶耶，这都哪儿跟哪儿？"一个指头戳到额头，"睡觉！"

妻最近有点儿横，一些事情不待跟他商量，自己就定了，做去了，然后也没跟他吱一声；他知道后，虽然不高兴，却也没说啥。就这样，妻回到家还爱发些脾气。她好久没偎在他身边，好久都不再听他的故事：白蛇娘子、牛郎织女。他有想给她讲，可是妻好像没了那个意趣，大约太累。

坟头插花（7）

那应该是个鬼。今天她进货回来晚了，路上那鬼竟然追她，她跑得连魂都丢了，幸而跑得快。

晚睡半夜醒来，吓出一身汗，她不知是梦见鬼扼住喉咙，还是鬼真的在她熟睡的时候扼她的喉咙扼醒了她。醒来就怕敢睡去；丈夫还在酣睡。她没有告诉丈夫。

第四章 韩门不寒

第一节 住下一个打工仔

阿彩的到来使韩家不大能消停,她是投进韩家池塘里的一颗小石子,是店员。她一来,韩母首先就老大的不高兴,多少日子了,韩母有时还在电话那头抱怨店员要的是文芳的表妹,而不是韩其心的表妹;文芳妈则整天笑吟吟地在韩家"行走",她不能不开心,人生的胜利和得意莫过于姐姐的孩子是自己孩子的打工仔,自己孩子是姐姐孩子的老板。

"回来了。"她开门迎进才下班回来的外甥女,说话像唱歌,脸上迎春花一样的盛开。"是,姨妈!"阿彩顺眉顺目,做姨妈的好不高兴。刚下班回来的韩其心和儿子坤坤在专注地鼓捣地板上的玩具,阿彩跟表姐夫打招呼,他鼓捣着,头也没抬,只"嗯"了一声;到阿彩转进卫生间出来,儿子才拿着玩具奔过去"小姨、小姨"地叫。

"哎呀,鞋干吗这么乱?"随后回来的文芳一进门就叫起来,阿彩赶紧到门口摆放好鞋们。"往常不就乱乱着过来么!"文芳妈说自己的女儿。韩其心却就给劳作了一天的他的妻子倒开水。妻子接过来,坐沙发上咕噜一口。

"怎么回得那么晏?"做丈夫的关切地问。

"唉，累!"答非所问，"不是说要迟些回来吗？怎么回得比我还早？早了又不赶去接我。"

"以为是你回来了。"丈夫很抱歉。

"局里派你什么脏活儿？有钱吗？我跟你说，帮老婆干好生意才是要紧。"文芳的话半像开玩笑。

"耶耶。"他努了个鬼脸，站起身。

"傻样!"溜一眼他的后影。

做丈夫的走到厨房里想帮着干点儿什么，好让晚饭早点儿开，但是有丈母娘在，他剩了。

"地板怎么那么脏？"文芳又叫。韩其心就手操起墩布，要拖，阿彩却就赶来，叫让她来，做表姐夫的说，你歇歇吧，阿彩说她不累，伸手过来抓住墩布柄，两人有了一小阵子的"争抢"。

"干吗？就见你会心疼人。"文芳说的是自己的丈夫，丈夫赶紧松手。转了一圈，他又剩了。

"哎呀呀，都是水，拖把那么湿，怎么拖的嘛!"文芳的叫声很有些高。

"是!"倒霉蛋吓得鼻边的那颗活痣都要掉下来。

阿彩是个倒霉蛋，去年本来考上高中了，偏巧母亲又下了个"公蛋"——在近五十岁的高龄。这于她父母是个喜：终破了"一窝都是女孩"的人言，于她姐妹仨却是忧：家里本来就揭不开锅，现在是雪上加霜了，她因此上不起学。今年开春，母亲说住了父亲，同意她去广州打工了，临行却遇上雪崩，堵塞了路，回来父亲就觉得"天都不让去"，骂了个狗血淋头："你个女孩子也不守点儿本分，满天飞的野鸡啊!"这又"飞"不了了。如今住进表姐家就倒够霉了吗？非也。看看，刚坐下和表姐夫邻座着吃饭，表姐马上过来，一推表姐夫起坐另一边，自己夹中间。女人最懂女人的心，她知道表姐那是干什么，可是，她什么也没有。要说也难怪，你个当"下人"的干吗非这么长，有眉有目，该挺的地方全挺，除了左鼻边上那颗活痣就再难找到什么缺点，你说你这是不遭你的同类防遭谁防？怨命吧？命！想想也是，命好一些她该在广州了。又想广州。想着想着，饭就吃得慢。

"咋不吃了？"还是姨妈疼她，给搛了一块鸡腿，要回筷再搛时，她受宠若惊地拿碗躲筷了。表姐夫一碗饭完，她赶紧起身要给他盛，他客气着不让。"还是我来吧。"她追了一句，一家人完饭还不都是她盛的吗？可是：

"你管他干啥？"表姐——不，老板，是老板，老板——的语气硬邦邦。她坐下了。

"都是一家人嘛！"文芳妈话里带话。

其实，文芳也知道是一家人，她还蛮相信她的夫。"一家人'吃'一家人。"她还不至于这样去想，可是，她说这些做这些多半出自一个女人的本能，就没意识和顾及倒霉蛋的倒霉感受。

倒霉时便想广州，遥远的广州，未曾谋面的广州，梦一样的广州。有一个事儿发生后，让她更切地想望她的广州了。

那天晚饭后，倒霉蛋的阿彩带坤坤下楼玩去。她这是自觉，韩家只有一个澡间，澡得轮流着洗，完饭后先出来，晚一些回去，她就理当洗最后。

"要溜你自个儿溜去，别带孩子。"临下楼时，老板喝止。老板的话句句是命令。她立即听命。可是孩子闹起来了，非要跟小姨去。

"听话!"这回是命令孩子。孩子不认妈妈是老板,不依,又哭又闹。

"就让他溜溜嘛!"副老板投了孩子一票。

"都是你惯坏的,他还没洗澡哪!也不见你给孩子洗过个澡。"正的就是正的,连副的也一锅端。副的见势不妙,走开了。

"好好,小姨不出去了,小姨跟坤坤鼓捣玩具。"阿彩见风就倒,去牵坤坤的手。坤坤却就滚到地上哭。

"好了好了,带他出去!烦死人。"究竟不是儿子的老板,她拗不过。

得到妈妈的准可,坤坤立时收了哭。一出门,就飞一样地跑,好像出笼的小鸟。阿彩一面喊喊着"别摔",一面追过来。

她牵着小孩的手,却被小孩拽着往前跑,来到一个杂货店,小孩站下了,她知道坤坤准买东西:糖、饼干、饮料什么的。问他要什么,他只不说,定定地站在那里看,一样一样的。阿彩想到可以回去洗澡了,便催他快买,可他站着不动;扯扯她的袖子,看着货架上的一个小袋袋,那是一袋干红枣。小姨知道这东西比糖贵,舍不得掏钱,让还买糖,可是坤坤不肯。小孩就这样,看上了什么就硬要,很难哄他改变主意,小姨只好"就犯",这就惹出了事儿。

坤坤只吃两个,那还是小姨挑出来的小袋袋中最肥美的,小姨自己也吃几个,可是她没事儿,坤坤就不一样了。

回到家,坤坤就闹肚子,然后腹泻,呕吐。阿彩洗澡出来,见文芳大声质问孩子出去吃了什么,孩子哭了,没说。外婆过来搂住孩子,边哄边骂女儿吓着了她的外孙,然后吩咐给泡包思密达,说喝了思密达就会好的。"究竟是怎么回事？中午到下午他也没吃什么呀？"韩其心很疑惑。阿彩说是才吃了两个红枣，说时眼圈红红的，她感到了问题的严重，"可是，只两个。""一个也不行！"文芳骂，"带一下孩子就出这样的事儿！"阿彩的眼泪要掉下来。

思密达没喂下去就吐出来，这回吐得更凶，食物都吐出来，零碎的红枣皮掺在里面，吐了一地。

"怎么可以给孩子吃红枣呢！"文芳很生气。

"我——"阿彩支吾着。

文芳有时拍拍孩子的背，有时搓搓孩子的手，一面呵责阿彩，一面抱怨丈夫不听她的话，让孩子下楼。

"快别说了，拿盆来。"文芳妈说。

呕吐还在继续。文芳赶紧拿盆，一边喝愣着的阿彩拿墩布，一边急急用盆接住孩子的吐物。后来又泻，泻完再吐，食物吐完了，就吐胃液、吐黄水、吐白沫……文芳拍着孩子的胸脯，忍不住又叨责阿彩几句。文芳妈这把年纪也没见过小孩吐成这样，她也着了慌："看看，别是食物中毒了；别搓手弯了，文芳，说你呢，快掐掐人中……那红枣怕是坏的。阿彩！"阿彩掉下了眼泪，站着像个犯了错的孩子，不知所措。韩其心团团转几圈，急叫送孩子上医院，文芳母女才忽然有了主意。韩其心不敢怠慢，不等丈母娘起身，赶紧就从丈母娘怀里接过孩子，抱着匆匆跑下楼去。文芳母女后面跟上。

到医院一诊，医生也疑心那红枣是坏的，一量体温，高烧了。这样，病房内外都是匆匆的脚步声。

第二天，孩子出院，没事儿了。出院时，丈母娘忽然发现不见阿彩了。

"刚刚还在这儿。"韩其心说。

于是大家用眼睛在医院里略略找了一过，不见，便猜是先回了。可是回到家，也不见阿彩。她回自个儿的家了。她已经不想呆在韩家。韩家，她害怕。"广州，广州会是怎样的呢？"回家路上，她深深地想。不想一到家，父母又把她骂回鞋店。

第二节　婆媳变脸

韩母是揣着心事上城到儿家的，掮几个南瓜，背半篓儿地瓜，几斤地瓜干片。南瓜是青青爸托送的，地瓜和地瓜片是自产自晒的。这青青不是别人，正是儿的堂妹，韩父的亲弟弟的一块心病。七岁那年，得了小儿麻痹症，左脚跛了。如今都二十好几了，还没有个婆家。父母那是急呀，村里谁家瘸了拐了儿子，便主动跟人家"亲善"，可人家不愿意啊，这块心病便日益地沉重起来。偏偏"心病"又不敢出门找工，成天窝在家里，在父母面前拐着瘸着晃来晃去，你说韩家八代都没一个瘸的，她怎么连步路都走不稳，这是叫人闹心不闹心！

不幸心病还具传染性，往韩家跑多了，韩父韩母也感染上了。这不，前些天，知道儿的鞋店要添一个售货员，韩父从电话里就为她打了招呼。儿是答应了，可韩母知道鞋店的事儿还得媳妇拍板，媳妇不是"善主"，电话里不好说，她老婆子就亲自上城来了。要不是为了那块"心病"，她老婆子才懒得上城，何况，她对媳妇也没什么好印象，她知道媳妇对她的态度也是彼此彼此。但是，不碍事儿的，媳妇再长本事儿，她还是妇女，她韩老婆子是谁，年轻时是村里的妇女主任！妇女主任是干什么吃的？丁儿大一点妇女工作难得住偌大一个妇女主任？

婆婆的主任能耐做媳妇的领教过，那时她刚生下坤坤，婆婆来帮带几日，就这也叨那也念，说她不讲卫生，说她不会照顾孩子。赶巧孩子拉肚子，婆婆就硬说是她奶水不好。"许是孩子着了凉，寒着肚子了。"丈夫说。婆婆便质问丈夫："你自个儿是怎么长大的？"然后夸自己奶水好，她奶他从来就没闹过肚子云云。说到丈夫点了头，被她统一了战线。连丈夫都被说得背着老婆而向着婆婆。更可气的是这话也拿来跟她的娘家人讲，她似乎看见她的娘家人也点了头。好个死老婆子，她的肺都气炸了，歪歪着身子把她撵出家门。从此婆媳撕破了脸，一家人不认一家人。

现在，婆婆要来，媳妇也知道了，她并且还吃准她是为青青的事儿来，她早有了防备，张着网就等她来，看她个妇女主任能耐到哪儿去！

到了儿的家门前，妇女主任把个腰板都挺直了。敲门，开门。一进门，妇女主任一下傻了眼：人咋那么多，还那么热闹。那是儿媳的七姑八姨，三叔二伯，在围着看一款手机，文芳刚换下的，就口就送给正坐在一旁的什么姑了，还新着，可是文芳嫌它不够新潮，买新的了。

韩母不知道他们热闹什么，只觉得这份热闹在韩家似乎是从未有过的，问今儿是什么日子，儿说什么日子也不是，平日里家里客就多。她明白了，她的儿横是有些钱了，今昔不比了。文芳过来，一面"怪"婆婆背得太多，一面接过丈夫才接下的土产。婆婆说那南瓜是他叔叔托送过来的，问媳妇今儿怎么得空在家，她不知道媳妇早已不看店，只进货、清账，正儿八经是老板了。

韩母进来，七姑八姨几乎是同时站起来给让座，儿给倒水。她屁股一点上沙发，整个人触电一样的弹起来，咦，软的，敢情换新了，再满屋子一瞧，电视柜、电视都换新了。那电视又宽又薄，她没见过，初以为是小学课堂里的一块长方形黑板，七姑八姨三叔二伯却说是电视，她前后看了看，不知道这是液晶屏。什么玩意，摆这儿了？妇女主任好生奇怪。问是什么价，旁的人争着答，她吓住了：三头健壮水牛的价啊！电视有部看看就算了，何必这么使钱？她嘀咕上了，坐回沙发上一看，怎么看怎么不顺眼，她觉得这东西太大。

文芳张罗饭菜。上桌的时候，人满坐了一大桌，桌上鸡、鸭、鱼，几样素，外加一盘炸腰果仁。人们大夹大嚼，不亦乐乎；只有韩母乐不起来。看着满碟满碟的碟中物，她忍不住了，说有鸡就行了，还要鸭做甚？人们止了说笑声。

"吃吧，妈；喏，这个给你。"文芳往婆婆的碗里夹鸡肉。

婆婆就觉得生分，自打她嫁到韩家，就没见她给婆婆夹过一块肉，今儿太阳打西边出来了：是要塞婆婆的嘴，还是在这儿显摆自己的孝顺？但是，老人家吃不下，就想，照这么吃，多殷实的家底能不吃空？这么一想，更没胃口了，筷子攥在手里，可是饭也不动，菜也不攥，干这么坐着。一会儿看看七姑八姨的吃相，一会儿瞅瞅三叔二伯的喝相。

"唉！有肉就行了，还要鱼做甚？"老人家活一辈子也没见过这样的浪费，她于痛心和叹气中，竟自忘了自己的妇女工作。

欢乐的空气又凝结了。

"妈!"文芳叫。

"吃吧,妈。"韩其心给母亲的另一个汤碗里加汤。

"这年头还怕吃得完?"一个不知道是三叔还是二伯的人说。其他人就都同意地点头。于是欢乐的空气又充满整个屋子。

韩母不饭不菜不汤,要不是兀地想起她的妇女工作,她真要再说两句,但是,她忍住了,一个人下了桌。

下午,走了几个,留下几个;韩母不知道这班人在这里已经住了几天,看着这些人她不能不闹心。"怕这几个也要住夜。"她担心地想。

晚饭的时候,文芳要倒掉那些剩鱼剩肉,韩母赶紧拦住了,她装进塑料袋,想拎回去给老伴,可是,天色已晚,连那到镇上的最末班的公共汽车都赶不上了;那也得留着,赶明儿回去和老伴一块儿吃。"这样套房,连个猪啊猫的都养不得,我提回去,喂猪喂猫都不浪费。"韩母说。韩其心知道母亲舍不得喂猪喂猫,提回家准和老父吃,怕馊了坏肚子,不肯给她提回,但是他说不过母亲,于是,偷偷就提下楼扔到垃圾堆里;等母亲发现了,少不得一顿抱怨。

"你也是,妈妈都这把年纪了,胃皮早厚得起茧了,再馊还能馊坏她的肚子?"文芳低声说他。一句话,说得他的心里满不是味儿:你怎么不给你爹娘吃馊的。

"文芳呀,你坐这边。"婆婆表现了妇女主任的亲热。

"什么事儿?"媳妇没有坐。

"哎呀,坐下来,妈好跟你说嘛!"拉着媳妇坐下了。

"看你忙的。看看，瘦了，"亲切地拉着媳妇的手，看着媳妇的脸，"往后多注意点儿休息，别光顾着赚钱。你妈我呢，不懂得生意，很多事是帮不上忙，但带带小孩做做饭这些小事儿还能干，需要妈的时候一声招呼就成。唉！妈也是，最近闹心得不行。对了，青青这孩子还没找着个工，你那店里不正缺着个人手吗？其心跟你说了没，青青的班怎么安排？"韩母切入正题，她想快快把事儿说完，明天好赶早回去：她实在看不惯这一窝的媳妇的娘家人。

"妈，你干吗不早说？"就知道她要来这一手，媳妇亮剑了，"是这样，前两天我叫我二嫂的姑母的一个女孩来了，她叫阿莲，她明天就来上班……"

"什、什么？你倒是说明白喽，叫、叫人了？——文、文芳啊，青青那也是一把能手，人家正候着……她家一园子就长几个南瓜，一个也没舍得留下，全让我提来了，你看这事儿……"

"你干吗不早说嘛！"

"啥？啥叫不早说？几天前老头子就说了又说的事儿！……文芳啊，你看能不能——先让青青来，那阿、阿什么以后再安排？"

"不行，妈！"文芳说得很干脆。

"真的不行？"

"哎呀，妈！阿莲明天就来。"

"就换不了？"

"换不了。"

"你！一个一个都要娘家人，就容不下咱韩家一个？"

"妈！韩，韩什么来着，韩家那青青，对，韩青青，她一个瘸子能干活儿吗？"

"住嘴！瘸了也比你娘家那几个店员那几个病秧子强，瞧瞧你娘家那几个，瘦不溜丢的，有个人样没？……"

"妈，以后还要缺人手，还有机会的！"儿子抢险来了。

"这话我耳根听得都起茧了，你还当韩家是一回事儿吗？这鞋店是姓韩还姓文？"韩母越说越来气，不分媳妇儿子，一路掩杀过来；这一句是冲她的儿，下一句是冲媳妇，"当初，不是你这姓韩的老爸给你借两千，你能开得起这鞋店？你娘家给借过一个子儿？你这是靠谁，你说！"

"我谁也不靠！"文芳没好气地回，"我靠过谁！"

"你——"韩母噎住了，咳起来。

韩其心一边拍着母亲的背，一边呵斥文芳。

"我说我没靠谁，"文芳没有让步，"就怕谁靠我。别以为两千块钱有什么了不起，两万我都有。"

"你是有钱，有几个臭钱了，那又怎么着，谁靠你了？我死了也不靠你！不靠你……"跳着闹。

旁的人过来解劝。韩母收拾了背南瓜、地瓜来的麻袋，攥在手上，开门就跳出来，跳着骂，一路骂，一路下楼；儿子跟出来，一路要拉她回去，她咕噜着骂，不肯听儿子的，下楼走不多远，忽而想起自己是穿拖鞋来的，又返回来拿，提在手上光着脚边骂边走，愤愤。媳妇那边也没消停。

夜色渐浓，城里的人们早吃完晚饭看电视了，那窗灯放出光来，路上还有路灯，这使城里的夜来得很慢——要是在乡下，有人已经上炕了。

"妈，您这是要去哪儿？没车了。"儿子一路的跟，情急之下用手拉住母亲的肩头。

"你是要叫我怄死在你家啊?"甩开肩上的手,仍走,"我去哪儿你别管,你管得了谁?老婆都管不住。你回去!"

儿没回去。母子一路走,来到车站,站门已经关闭。母亲在站门边倚墙而坐,死活不肯回去;儿子见劝不回,要给她开个睡房,这又讨上一顿骂。儿子只好陪着也坐下来。母亲这回泪多,话不多,可是,句句声声都打进他的心里,他流泪了。坐的地板是凉的,靠背的贴着墙砖的墙是冰的,秋风拂来,有几分寒意。坐不多久,他和母亲都感到了冷,做儿子的于是回家抱来一张被子。母子俩就靠这么一张被子熬,直到天明。

母亲走后,韩其心拖着疲累的身子回来。熬了一夜,很渴睡,但是不能就睡,马上得去上班。他回来是想换件干净的衣服,身上那件靠墙靠脏了。换衣时,文芳醒来:

"还回来干吗?干吗不跟你娘回乡下你们家去?"

韩其心无语,出门时把门摔得有些响,匆匆就上班去了。

第三节 韩父呕血

现在,韩父也不想上儿子那儿,非独韩母。但是,卖了一头百来斤的猪,猪肠猪肝猪心有半箩,这么些下水又不上秤,留着两个老头吃不完,就惦记起儿子来。想到儿喜欢吃瘦的,韩父一咬牙,割下上秤作卖的一块瘦肉,有一斤来重——这回连他和老伴都可以沾上肉腥了。回到家,立马就打电话叫儿回来拎一两顿油嘴的去,儿要出差不回,没有办法,做父亲的只好提几斤上城来了:唉,儿媳再不是,儿子还是自己的。

进得儿门,儿果然不在,儿媳在,还有一窝子的儿的娘家人,在打牌。对于这窝子人,韩父虽然早有心理准备,见了还是不免烦心,他想歇过口气就回,反正现在通高速路了,城里乡下一个来回没多久。但是,儿由电话那头不让他回,说是等办完差就回来带他看医生去——他最近半夜爱犯胸口痛,疼醒后常常越疼越钻心。

他觉得还是要留下来。打牌的一个一个给他递笑脸,看牌的纷纷起来给他让座,亲家母在客厅中行走,不冷不热地看他一眼,好像是微微地点一下头,他装没看见。欢迎不欢迎的,倒好像他是客,人人是主。

"爸爸累吧?"媳妇给倒出了开水。

"不累!"接过开水,把它一口喝干;除媳妇外他谁也不搭理。

一个人,坐着,看电视,其实没看;他觉到热,觉到客厅很小,很挤;喝空的杯里再没人给他倒水。

媳妇洗上来一篮子的苹果,搁茶几上。嚯,好大一篮子!那苹果有拳头大小,鲜红的果皮上挂着一滴一滴的水珠,很馋人。打牌的看牌的一个一个过来拿了吃,他真想吃一个,可又想到他出差未归的儿,还在幼儿园的孙,他们还都没吃上一个。篮子里的苹果看着要完,他不能不心疼:一窝硕鼠,吸血的水蛭。他始终没舍得拿起一个来吃,但是,他把两个藏进了房中的抽屉里,一个留儿的,一个留孙的。

"快出牌……我打死你……"人们很热闹,媳妇也在那儿凑热闹。只有韩父不热闹。

他不认识这窝子打的看的——没那个认识的必要,但他知道儿的鞋店有五个店员,她们在看店,这窝子大约是她们的父兄姐妹。想到自己的亲侄女青青,心里很不痛快。

"我打死你,看你敢打我……"闹得让人心惊……太热,他的额头渗出了汗珠;太渴,他找不着热水瓶。于是,坐回沙发一个人打扇子,越扇越热,浑身都不舒服,胸口还有些闷。儿还没回来。

午饭是亲家母张罗的,他提来的瘦肉连下水竟通通炒出来了。"就没留下一点儿?"他痛心地问。那婆娘把湿手揩在裤腿上,说:"还不够吃呢!"

想想也是,那么多张嘴巴,能够吗!可是,人怎么那么多,是办喜还是办丧。他没有再往下说,从厨房里出来,悻悻的。"看我怎么收拾你……"人们闹得凶。他忍不住凑到人堆里,问:"你们是什么时候回去?"一句问,闹声戛然而止,人们愕然地看他。"怎么说话的,你怎么不回去?"那婆娘从厨房里伸出舌来。

"啥?我回去?我?"他来了气,想再说:"你呢,你不回去?"但是,媳妇的话让他把后半句咽了回去。

"爸!"媳妇埋怨地叫,把他拉在一边,"老人家干吗那么多嘴!"

他噎住了。那婆娘仍在厨房里叽里咕噜,他已经听不清,只感到胸口太闷,额上渗出大滴的汗。他失意地坐回沙发……热闹重又开始,媳妇仍扎在人堆里凑热闹。他抹一把额上的汗,站起身悆然欲走,但是,胸口有点儿疼,儿还没回来……他又坐下了。

媳妇因为要给几个店员送午饭,自己先吃了,抹抹嘴匆匆走人,连声招呼都没跟做公公的打。媳妇走后,那婆娘就出桌上菜,他见儿还没回,叫等等,那婆娘不听。

饭桌虽大,却还见挤。桌上满摆着各式各样的荤素,他问是否已经给他儿留了瘦肉,那婆娘没应。他闷闷地吃了半碗饭,终于放不下心,到厨房揭锅盖一看,里面空空如也。"留给我儿的呢?"他大声质问,没有人应他。更可气的是,回到餐桌前一看,上面的什么菜都被打扫干净了,碟子一个一个地空出来。这群饿狼!他几乎要跳起来,问他的儿回来吃什么。

"没事儿,回来我才炒个青菜就是。"那婆娘阴阳怪调,轻描淡写。

"青菜?你当他是和尚啊?"韩父盯住那婆娘,眼里闪出凶光。

"怎么了,何当你们韩家人没见过肉?"

"你、你见过、怎、怎么吃我的?"

"少说两句,少说两句。"旁的人劝。

"谁吃你的了?谁吃你的了?两块臭肉!我还嫌弄脏我的嘴呢!"这一声高;"这么穷还跟我当什么亲家!"这一声低。

"你——,你说啥?"韩父显然听到了低的那句咕噜,一只手抚住胸口。

"我说你穷!怎么啦?啊?去你的吧,这里不欢迎你,赶快滚回去吧!"

"你——,你个臭……"他想骂臭婆娘,但是没骂出口,两只手按在胸口。

"谁臭?你才臭!"声音愈发的高。

"你——"呕了一声,要吐,可是没吐出来。

"怎么啦,我说错啦?村狗!"她是城里人。

"你!"又呕,哇——,吐了,红的,是血。

人们七手八脚要把韩父背到医院，有人建议先呼韩其心回来……韩其心是喘着粗气回来的……把老父背上，还没下楼，120来了。

韩母从乡下匆匆赶到医院，随后，媳妇也到。

一阵抢救之后，韩父在病床上睁开眼。媳妇坐了一会儿，吊到第二瓶时，见公公气色渐没那么吓人，用胳膊肘捣捣丈夫要走：

"爸，没事儿了，一会儿医生给吊第三瓶就可以出院了，医院是住不得的——光会诈钱！"自己先起了身，又怕丈夫不跟她回，"其心明天还要上班，不能累着……"

韩父不等媳妇讲完，就在床上摆手。韩其心没有站起来，妻子拉他，他不动，韩母要把他们撵出去。韩其心甩开拉他的手："你自己回！"

文芳生气地出去。出到门外不远，停下来，驻足片刻，走了。

文芳走后不久，韩父在病床上又吐血。韩其心赶忙按床铃，按完，又心急火燎地跑出去叫医生。韩其心领着医生匆匆赶来，只见韩母弓着身一手握着老伴的手，一手拍着老伴的胸，哭着，见医生来，赶紧让在一边。

医生在听诊。韩其心紧张地看着自己的父亲。

父亲脸色煞白，煞是吓人，一阵猛咳后，直喘粗气，医生把他推进了手术室。

母亲流着泪，擤着鼻涕。韩其心在手术室外背着手急踱，来回地踱。

术后，进病房。韩其心坐在床边，听母亲的诉。他的眼圈红了，满眼闪着泪光，直到吊完最后一瓶，半夜了，他才一个人回家。在路上，终于忍不住眼泪。

都说床头吵架床尾亲，夫妻没有隔夜仇，这回韩其心和妻之间却没那么简单，韩父住院十天，媳妇就没再跨进医院的门，她一面心疼丈夫一天两头的往医院跑，一面又埋怨丈夫一天两头的往医院跑，一面还担心丈夫老往那儿使钱，于是紧缩银根，竟而至于断奶：剪断他到鞋店支钱的线路。

韩其心每次回来都僵着脸，特僵，满脸阴云的样子，这使娘家人害怕，鸟兽散了，不敢有事儿没事儿的就往韩家跑了；文芳妈很不开心，咕噜着，埋怨着，不幸又在切菜时，切破了手指，一气之下，回自己的家了。这就落给了文芳一大堆的家务：一面要照看孩子，一面要给几个店员张罗一天三餐，还要进货清账。她就是有三头六臂，也得叫苦叫累，这点儿苦累化作怨气，与贪夜从医院回来的丈夫的怨气一相撞，起先是起火，而后是结冰，于是，夫妻几天都僵着，谁也不搭理谁。

坟头插花（8）

那不是鬼，是人，男人。他总在只有她一个人的时候出现，跟在她的后面。今天她一个人逛街，走到哪儿，那"尾巴"就拖到哪儿。她有了防备，在一个拐角猛一回头，她看见了，个儿不甚高，着一身灰衣，虽然看不清脸孔，可是那身影好熟悉，谁呢？难道是——"啊！"她一下捂住了嘴。

第四节　醉打老婆

天亮的时候,文芳催阿莲早餐吃快点儿,"别老落后",又吆另两个店员提包下楼——其时,有两个店员已经到鞋店开店门了。阿莲们很快都出门上班去了。坤坤还睡,文芳吆丈夫快起床吃早餐,好早点儿送坤坤去幼儿园,又吩咐丈夫待会儿给孩子穿上外套,别着凉。临出门见丈夫还没起床,又吆了一声:"还不起?猪都不那么睡!"

他没动,没吭声。

吆五喝六,对谁都这样,连老公也不例外。猪?说老公是猪?这、这是女人么?女人怎么这样!老板老板,有什么啊,牛得跟什么似的,老这么板着个脸孔,呼呼哇哇,谁受得了这个?韩其心睁着眼,可是赖着,硬是不起床,"看这女人怎着!"

她没怎着,出去了!

等外面的脚步声远了,消失了,他才起来。坐在客厅,点上支烟,吧唧几口,没味儿,熄了,半截都撂烟灰缸,自己站起身,在客厅里踱。妻变了,变得让他陌生……踱没几步,又坐下来,再点一支,吧唧吧唧,怎么吧唧怎么没味儿,可是,仍然吧唧:人有时抽烟,不为什么,光为有个"吧唧"。

早餐他没吃,把孩子送幼儿园后,就去上班。中午下班,不想回家,约老李喝咖啡去了。

还是那个咖啡屋,还是那丛假水仙,他坐在那儿出神。

日子过过是有些富裕了,可韩其心并没有快乐起来,他和文芳都像是没了梦想，也好久没有谈心。想起贫寒时候的日子，那劳作了一天后相互怜惜的夕阳中的微笑，那手牵手的散步的情景，那发现彼此都加夜班后，相拥而泣的泪眼……都不知不觉茫远在记忆中，飘忽着，像要消逝了。

"人是富好还是穷好？"他问。

老李呷了一口咖啡，没有说话，托腮看着他，半天；掉头看着窗外，又半天，长叹一声，作为回答。

韩其心没有回去吃午饭，可是文芳也没有打过来电话问他，她以前没有这样。以前，她会打电话问他是不是在外面吃工作餐，让他别饿着；以前，他们准计划有钱了去哪里哪里玩……那是以前！

没钱的时候老盼着有钱，有钱怎么啦？夫妻面对，多是无话可说；说上两句，常常就拗着，特别是说到回老家。中秋节那天，他邀她带了孩子一家人回老家过节，又遭来一顿骂。许久都没一家子回老家了，清明节、端午节都没回。媳妇不知道是怎么的，一提到老家，一提到公婆就吵，就拌嘴，好像她跟公婆前世有仇。可是，她邀他回娘家，他是一邀一个答应。看来，女人是宠不得的，一宠，准坏。有人就说，女人，如果她今天叫你洗衣服，你乖乖去了，明天她还叫，这回是骂"洗干净点儿，别像昨天那样"，你又乖乖的，那么好，后天她不叫你了，回来不见你洗，直接就把脏衣甩到你脸上："要叫一次才洗一次啊？！"

"唯小人和女人难养也。"好像是孔子说的。不记得是从哪里听来的故事，说是有个人在外地当干部，家里媳妇和公婆住在一起，媳妇虐待公婆，于是婆媳公媳常吵，吵着吵着，有时媳妇还要打公婆，丈夫每个星期都要回家打她一次，她才待公婆好些。有一次，丈夫忽然想到好久没有回家了，马上跟领导请假，领导问假由，却是专门赶回去打老婆。"打完就来。"那干部说。……女人是不打不行的！

可是，他真能打文芳？

想到母亲的诉，父亲的责，想到老婆的种种不是，想到作为一个男人，还让女人骑到头上了，他的牙关一咬，拳头攥紧，眼睛露出凶光：老虎不发威，她还当你是病猫！

不当病猫的决心使他看到文芳就往沙袋那面想。就算是打沙袋，练一下拳脚了事儿罢，那也见得自己的威风了。可是，老婆真是沙袋吗？这么柔弱无骨的，怎么下得去手？夫妻这么些年！不打了。那么，男人的尊严呢？他都听到有人叫他副总了，她是老总，自己是副总，这是什么话！他不是要去争什么老总，可是叫他副总，他总觉得太别扭，太伤自尊。他但愿人家叫他韩其心。韩其心，他是韩其心！

不是因为男人的一再忍让，女人才在"小人得势"的道上越走越远么？看来，再忍是不行的，那么，除了打呢？譬如说骂？可是，他的嘴皮子骂得过谁啊？恐吓，恐吓呢？也不行，他没那个心机……不行，不能除了打；打是必须的，少不得的！可是，总不能见到老婆，不问青红皂白，冲上去揪了衣领就大打出手吧？总得有个理由。就说是她不孝顺公婆吧，这本就该打。只是，万一，万一打在不该打的地方，弄出个三长两短来，可怎么好？……一想到真要打，心里又害怕起来，别说是三长两短，就便弄破点皮，打重了点儿，他都会心疼。于是不大回家，不想见到文芳；只想上班，上班，就这么上下去。可是，班终究是要下的，走出办公室，他不免无奈，有一个人在下午的这个时候，总在骑楼下等他。谁？仇酒鬼！

他但愿等他的人是老李而不是仇酒鬼，可是，由得你想吗，看，又是他。人家"叉"在骑楼下，看你跨得过去躲得过去！

仇酒鬼叫他老总，单位里好些同事也这么叫。有钱真好，人家可以上看。不就是两口酒么，他舍得起这个钱，只要有人在外面陪着他。陪着就行，管他仇酒鬼仇不酒鬼！

钱是老总花，单是老总买，全包。有了这一"自然法则"，仇酒鬼乐翻了天，他手舞足蹈地带着老总从这酒家喝到那酒家，最后喝上夜总会。在夜总会，仇给请来几个"香饽饽"妹子。香饽饽们是酒世家的，一坐下来就"先干为敬"，然后起身敬老总，干了两杯，落座，嘴里咿咿呀呀地唱，头摇着，上面的黄染发跟着晃；老总也跟着咿咿呀呀，有了跟麦麦的接触，他似乎有些老于情场了；仇酒鬼频频敬酒。"花花世界，鸳鸯蝴蝶……"香饽饽随着夜总会的音乐边唱边喝。酒过三巡，仇酒鬼趁机俯耳贴身给老总塞避孕套，说如此。

"什么？这是什么？"老总忽然像醒了酒，大声喝问，然后把那玩意儿掷地上，"把我当什么了！"

仇酒鬼从没见过老总这阵势，愣了一会儿，见老总把那玩意掷在地上，却心疼：

"干吗扔了？你不要我还要呢，糟蹋东西！"喃喃着。

"什、什么东西？你说！"老总酒气上涌，眼睛发红。

"哎哟老总，都什么年代了，你还假什么正经！"

"就是！"香饽饽们随声附和。

"嗨!"站起身,讨好似的推了老总一把。不想马屁拍到马脚上了:老总被这么一推,没根的葱似的连人带椅子翻下。仇酒鬼赶忙过来扶他,他不让,香饽饽妹子和旁座的人都哄笑起来。在笑声中,他爬起来。一股无名火从心头窜出,他攥紧拳头,哩溜歪斜的上前两步,在仇酒鬼面前乱舞一拳,只听哎哟一声惨叫,面前那人两颗门牙应声落地,牙在一边,人在一边。老总舞得拳头生疼,却不知那一拳舞在什么地方,也不知有舞下两颗门牙的成绩,夜总会的灯光太暗。他一时舞得兴起,顾不得疼,再要赶过去舞,脚步一迈,髋部绊在桌角上,摔了。周围乱成一片,啸叫声、呐喊声、惊呼声、拥挤声、跌椅声混杂着"在人间已是癫"的音乐声要把夜总会挤爆、端起。待老总爬起来时,仇酒鬼、香饽饽们早已人去无踪。

老总一路晃晃摇摇的往家回,这时,夜已阑,他有一种打虎归来的英雄感,武松,对,武松!武松不知道文芳此时还没睡去,她睡不着。

丈夫这些天半夜归宿,她知道准是因为她对公婆的态度闹的别扭。可是,她有亏待公婆吗?前阵子,虽然断了老公的"奶",可公公的大部分住院费不是从鞋店拿从哪里拿?这个,她做媳妇的后来也没再跟谁计较,这样的媳妇他们打灯笼上哪儿找去?丈夫就听信公婆!老婆呢?整天为生意奔跑,跑折了腿,丈夫不帮着干点儿什么不说,回来连句嘘寒问暖的话都没有;最近,干脆就连影儿也没了。你说自己这忙死累活不就为这个家吗,丈夫这样,她忙个什么劲儿!

想想自己也没做错什么啊,哪地方不对了?得罪丈夫了?噢,丈夫一家老觉得来了那么多娘家人,像"养食客","吸血虫",多难听的话都讲,讲来讲去无非是怕花钱。她也不是不心疼钱,那一分一毫都是自己用汗水赚来的,能不心疼吗?可母亲爱这样,她一个做女儿的能有什么办法呢!把人撵走?不能!何况母亲说的也不是太没道理:"人有了钱就应该过得风光!"她也让丈夫风光啊,该买的都给丈夫买了,还由着丈夫到店里要钱。她有什么不好了?丈夫竟这么对她,她觉得丈夫像变了个人,跟她较上劲儿了。那次,她问丈夫一起回娘家,丈夫竟阴着脸摔门而去,你说这,你说。

想到丈夫像小孩子一样,怄气地溜在外面,外面这么乱,她担了心;可是呼了几次都关机。

想到自己忙得汗都顾不上抹一把,丈夫还这么不理解她,她流了泪。

想到丈夫成天在外面花天酒地,然后醉醺醺着回来,她生了气。

想到丈夫一定是爱她的,他或者有什么苦衷没处诉——他也可怜!

……她不生气了,决定还是好好跟他谈一谈。

她老早就想跟他谈一谈,可是,整天价这么忙,她没顾上。这回是专门等他,哪怕通宵也等,哪怕耽下明天的活儿不干也等。自己这么干做啥?白干!让人泄气不泄气!

抬眼看看壁钟,两点了,还没见回,她感到了困乏。睡吧,管他,他失了心了。躺回床上……他咋这么没心没肝……还是睡不着,翻来覆去,又怕弄醒孩子;蹬腿又坐起来,在床沿,一脚蹬直,一脚盘曲,就手拿起床上一个识字本本,翻几翻,看看,看不进字去，扔一边了。

壁钟一嘀一嗒地走，她木着，脑子很乱，什么都想，什么都不想。木得久了，脑子也嘀嗒起来，嘀嗒嘀嗒，欸，怎么有沙沙声？很远，在楼下，是脚步声。她的心提了起来。那个鬼，那个黑影又在心中闪现……沙沙沙，是走在沙地上；哒，哒哒，哒，哒哒哒，上水泥道了。时快时慢，很乱，和规律的嘀嗒声不一样。听听，声音近了，上楼了，哒，哒哒……是丈夫，听那醉步，又醉着回来。快三点了！

原来是焦虑万分地盼他回来，现在却不知自己是什么感觉。脚步声明明到了五楼，可是她没动，坐着；直到他敲门，捶门，才起身，不情不愿的。

"不是有钥匙吗，干吗这么捶？"她开了门，没好气地说。

门一开，哇的一声，一条水龙喷了进来：丈夫吐了。她没闪得开，一截水龙落在右肩。她没顾上去揩，搀着他进来，一面拍着他的背，一面让他吐。这时候，店员们一个一个都起来了，七手八脚地清理她们老板的丈夫身上的呕物。吐物又射上文芳的一只裤管，溅得满地都是，它发散着胃液浸泡了的食物的恶臭，夹杂着难闻的酒气，弥漫在整个屋子，熏得人恶心。阿彩、阿莲们一个一个都捂了鼻，只有文芳没捂，她的两只手都不得闲；太恶心，她背着脸，不敢看那吐物。

嗝，哇，呜哇，又吐，这回儿是清液，胶水样的，有一柱挂上文芳的袖口。

"哎哎，吐死你！"文芳言不由衷。

呼呼哧哧，呼呼哧哧，英雄喘着。

"吐死你都没人管!"

"我不要你管!"呼哧呼哧,英雄喘匀了气,猛一下甩开搀他的手。这一下够劲儿,只听扑通一声,前者立时摔倒在地。

"你,你干吗?"

"怎么,你、你还当我怕你?"英雄来了胆气,脑中忽闪过在夜总会那一"舞",于是"舞"兴又来,向前一步,"嗨——",做了个打沙袋的预备姿势,攥紧拳头,照准她的面门,"嚯"的一声,猛然击了过去……

惊叫声撕碎了残夜,惊醒了左邻右舍,人们纷纷敲门进来拦架、劝架,都掩着鼻。被人扶起来后,文芳掩面而哭:

"打啊打啊,你来打啊,把我打死好了!"闹着要挺身过来,一副刘胡兰慷慨就义的样子。被人拦住后,呜呜着回房中了。

这一边人们拉着英雄,怕他再打,但是,英雄没了力气,站都不住,呼哧地吐着酒气,叫人搀上沙发了。

邻舍的男人们见没了事儿,坐坐,站站,说一些"不打不相亲"的话,回家睡觉去了。女人们却不肯回去,她们逮着了发挥的机会,满掏着自己的好心好意,发挥各自的嘴上功夫,热闹了。最热闹的数张嫂,女人群跟着热闹走,先到文芳这边。

"打哪里了,打哪里了?咦哟,他这是打老婆呢还是打老鼠,这是要往死里打啊?"张嫂的良心是第一的,她最心疼受伤的女人。

"问问我们家那口子,敢动我一根指头?"一个女人举着一根手指,在空中划了一过。

"妹子啊,你就是太善了;人善被人欺,马善被人骑。"另一个女人舌。

第四章 韩门不寒

"怕他干什么，大不了跟他离。"张嫂打气。

"就是！你这么漂亮、能干，还怕嫁不到人？"

"好男人有的是，指不定嫁得更好。"女人舌跟着女人舌。

"往后啊，你可别吃这眼前亏。他要打你，你就打他。"张嫂作了小结，然后到客厅里。女人们马上把韩其心围上了。

"要说小韩你啊，平常老实巴交一个，这回儿咋打起老婆来着？"先开话的是头戴红花的老好嫂子。

"女人有了钱，能蹲到男人身上屙尿，男人能受得住吗？"张嫂附在老好嫂子的耳旁嘀咕。那嘀咕是让文芳听不到而让韩其心听得到的。

"就是！这打得还轻呢！要是我们家那口子，哼！"女人们的耳根几乎挤在了一起。

"我就是没钱，我要有钱，保管不这样对我们家那口子。"一个女人轻声发誓。听那话，倒好像她乐意嫁给韩其心。

"好了好了，"张嫂忽然把嗓门拉开了，那张喇叭筒却对着卧房那边，"你小韩你还像个男人吗？"

"就是！男人——"老好嫂子捋袖露拳，暗示给小韩。小韩没有反应。

"也就是小韩，哪个男人受得住这个？"说话女人的声音压得很低。其他几个女人都鸡啄米似的点头。

"你们也真是，鼓捣人家夫妻打架有什么好！"一个搓着韩其心手臂的同一单元楼的新媳妇实在看不过眼，摔出这么一句。

"谁鼓捣谁了？谁鼓捣谁了？——倒是某些人，不要搬是弄非！"张嫂回马一枪。

"就是!"几个女人随声附和。

新媳妇招架不住,一个人起身回家了:

"没见过你们这帮女人!"

"嗬!"女人们争着给她的背影送一鼻子气。完了这折,忽然有人提高嗓音:

"倒是你们家谁是正的,谁是副的?"像问小韩,又像问文芳。

"这有什么打紧?"是另一个女人答。

"怎么不打紧,副的就是错的呀!"韩家成了女人们伸舌的地方。

"小韩,你是副的吗?"俯下身,牵起小韩的手问得亲切。小韩没吱声,他的头有些涨,有些痛。

"哎呀,你小韩够享福的了,还这么不惜福。"

"真是,就你身在福中不知福。"好几个女人指着他的鼻尖骂。

他得了什么福了?他让老婆供着养着了?这话他忒不爱听,只是,他没了回敬的力量。他不认为自己不够男人,倒觉得已经够英雄,可被女人们这么一叽咕,他倒成了狗熊了?呸!

刚才那一拳没击着文芳,拳头离着脸有几尺远,不过,从气功学上说,用力击打空气,那空气噗出去的力量足以杀伤柔弱无骨的女人,这就够了:女人嘛,杀杀气就行。

可是,这么些好心的女人们却觉着不够过瘾,嘿!怎么觉着由她们去。女人!"要是由着她们的心,打死自己的老婆她们才觉着热闹觉着过瘾呢!"他坐在沙发上迷迷糊糊地想。

第四章 韩门不寒

坟头插花（9）

晚上，她带坤坤到市委公园玩，手机响起，收到一条信息：芳，我爱你，爱得发疯，发癫，可是，为什么你老是躲着我？难道你不爱我？亲爱的，你不要躲着我，我要跟你接吻，我要跟你上床，来吧，亲爱的。

看看来信号吗，不是丈夫的，想到那个熟悉的影子，她害怕起来，疑心那人就在附近。公园太空旷，灯光见暗，人已稀拉，有一个一个的闪过去的阴影。她抱起孩子，慌慌张张地跑到人多的地方。她手忙脚乱地呼了丈夫，丈夫听到了她的恐慌，火速赶来。

他是喝了些酒的，加上心急，车开得太快，开不多远，摔车了……

这边——

她在惊魂未定地等着他来。阴影在一闪一闪，牛鬼蛇神在满公园里穿梭，这是一个鬼影朣朦的世界，到处都埋藏着危险。等了很久，不见他来，再呼，对方无法接通。正不知怎么好，手机嘟嘟响起，是短信：

过来一点儿，那里人多，你别慌，我来了。

她惊慌失措地抱起孩子，夺路而逃。孩子被吓着了，在她的怀里嘤嘤地哭。逃到路边，她看不到出租车，回头一看，那条尾巴果然扑来。她惊叫一声抱着孩子夺路又逃，那尾巴便越扑越近……

那边——

韩其心摔得满身是血，额上脸上全挂彩，掌上肘上蹭破了大块的皮，左腿处的裤子蹭破了一大块。他打了几个滚，哎哟着踡作一团，然后咬牙欲起，但是，他爬不起，爬了几次都是这样，最后是叫人搀起。一起来却不能走，央人搀出人围，急急招呼一辆出租车，搭上就往市委公园赶。

这边——

正在那尾巴扑过来时，扑通，她连孩子跌了一跤，正爬着回头，那尾巴要扑上身来，叭叭，喇叭想起，在这紧要关头，迎面飞来一辆摩托，车灯照过来，很耀眼：

"怎么回事儿？"摩托车上的人停了车喝道。那尾巴见大势不好，溜了。

母子搭上摩托，脱险了。你道这开摩托的是谁？何干部。

第五节 红杏出墙？

他竟这样狠心将她甩倒，甩倒了也没一点儿心疼，一丝歉意，还想再打，恶狠狠的，他这是疯了。夫妻这么些年，咋下得去这手？还有点儿怜香惜玉吗？想自己做闺女时，虽说不上金枝玉叶，却没挨过父母一根指头，不想嫁自己喜欢的人，还要挨这样的暴力，她这是能怨谁？那些"爱你爱到我心疼"，"你的幸福就是我终生的奋斗目标"的甜言蜜语竟仅仅是甜言蜜语。她算是看错人了。当初还不顾父母的反对非要嫁给他，这个狠心郎！她越想越伤心，越伤心越要哭，越哭越上气；母亲又从旁的说丈夫的不是，劝离，她的泪更止不下来。

这以后，文芳闹了气，不理韩其心。韩其心觉得自己"给点儿颜色看看"是不是给得有些过分了，伤着妻了？第二天就给妻赔几个歉意的笑脸，可每每都是热脸贴在冷屁股上，有次还是当着众店员的面，你说这是尴尬不尴尬？他不干了。

各人便上各人的班。韩其心仍是难得回家。下午下班，那个"叉"在楼梯口的人没有了；想或者是镶牙去了，或者是知道他已经不再到鞋店里取钱，不"老总"了，没钱了，没酒了，没香饽饽妹子了……都无从知道，总之是没他的影儿了。这样，酒不喝了。喝茶去，喝咖啡去，跟的多半是老李。

在一个灯光旖旎的茶艺馆，他听到了人们的叽咕。

"知道吗，韩其心的老婆……"声音低下去，"……红杏出墙……"

话音就在附近一个卡座，卡座的木板墙只起半人高，没有封顶，与韩其心这间是隔而未隔，界而未界。红杏出墙？这是说的谁？他把脸偏在一边，右耳就仰在比头还高的位置。他素知右手比左手力，右耳就比左耳聪的理儿，他就这么高举着右耳听，可是，那声音确小，在闹哄哄的馆子里，他实在听不清。

"什么？跟人上床了？"另一个声音破空而落，他接了个满耳。

"可不是吗！"

也不知道人们是有意说给他听，还是无意，他感到耳朵嗡嗡起来，遭了雷似的，人都懵了。

文芳会出轨？不会！她不是水性杨花的女人，甚至都不为钱所动。流言，肯定是流言。流言如火，燎原之火，看来，得熄熄火。他想端杯茶过去，浇浇那几张乌鸦嘴，可是，脚却不听使唤，愣坐着。老李叫了几声,他才醒过来,正了正脖子正了正脸,拾起杯子,抿一口茶,过苦,放下茶杯。馆子里乌烟瘴气,吞云吐雾的人们给抽烟机施加着压力,韩其心感到里面有些呛,有些闷。

是了,怪不得文芳这么牛,对他是待理不理;怪不得这些天文芳老爱发呆,"情到深处人自呆。"文芳说的。他自己用摩托载送女大学生回家那回儿,也被酥着电着,回来也发了好一阵的呆……怪不得他一出门,人家就对他指指点点——这种事情往往是大多数人知道了,自己还蒙在鼓里,等到自己知道了,全国人民就都知道了。结发夫妻,他这么疼她爱她,她竟背叛自己去偷汉,偷情。他感到了无地自容。

哪个男人呢,她到底是跟哪个野男人呢?为什么这样?他哪儿对不住她了?

"那韩其心察觉了吗?"声音掩隐在袅袅升腾的烟气里。

"谁知道,察觉了又怎样,还不是睁一只眼闭一只眼,老婆是老板嘛!"

"他、他老婆跟的是谁?"声音小下去。韩其心赶忙偏脸向右,错了,更以偏向左,这样,右边那个吸纳声音的装置"举"过头顶,努力地监听着来自附近那个卡座的声音。

"何、何干部!嘘,别声张!"

戛然没声。

何干部?怎么可能?那不是自己的铁哥们么,他有什么地方对不起他了,至于要来偷自己的老婆?不会。他疑心是自己听错了,腰颈拉直,两只耳朵都用上,贴着卡座的隔板听。

"……何干部……"

第四章 韩门不寒　109

何干部！

何干部与自己的妻子！

怪不得他摔摩托那晚何干部送她回来。哼，那时还感谢他。她说是赶巧遇上的，那时还真信了，现在想来，就那么赶巧？赶巧怎么不赶巧上别个什么人，偏就赶巧上他，嗯？看来内有文章。这个十恶不赦的奸夫！

哦，那何干部也开了鞋店，怕是那贱人帮的，哼，那贱人不舍得钱给公公治病，倒舍得拿去帮奸夫开店。淫妇！

一对奸夫淫妇！

"捉奸。"他哞哞地想。

出得茶艺馆，他死活拽上老李喝酒去了。

不对呀，文芳怎么会是这样的人？难不成她在报复自己？因为那次自己失足跟过小麦？如果是这样，那应该是故意做作给他看看，气气他而已，还用得着偷吗？偷得人人知道而自己不知！或者人家已经谋划好跟自己离婚、然后跟那姓何的结婚了也未可知。他感到了莫名的悲哀和失望，觉得自己是这样的无能为力。满酌一杯，干了，再酌一杯，他看到了酒杯里面的世界：那里，一个人孤零零站在一座大山前，等待着山体滑坡和泥石流下来把他掩埋，那便是自己，韩其心！

但或者是人家造谣。造谣？可是人家那话儿说得有鼻子有眼，何况，那说话的跟自己前世无冤后世无仇，有什么必要生造这种谣言呢？又干下一杯。

他喝歪了，喝倒了，老李搀他不动，呼来一个剽悍的同事才把他"扛"回家。

回到家，文芳还没回来，一看壁钟，十二点整。他口中呢喃着"捉奸"，呼呼睡去了。

第二天自己醒来，揉揉惺忪的眼，文芳不在，起来一查问，她昨晚回来过，一大早又出去了。抬头看壁钟，7时25分。哼，七点还没到半就出去了，真够快活的！

晚饭以后，文芳约他散步去。跟潘金莲散步？哼，他没那个闲情逸致；他恶心！正要拒绝，回念一想，好久都没记起散步了，这回她邀，定是有话要说，他去了。他准知道她要说什么，一肚子的泔水，他等着，挺着胸脯，满不在乎的跟她并排着走。可是，走没几步，他落后了，他的腿跟不上劲儿；她等他，过来拉他的手，他不让。想她要向他摊牌了，要泼出那泔水提出离婚了，他的腿又发软，他努力地迈着步，暗自咒骂着自己那两条不争气的腿，可是，额上也冒了汗，整个身子发虚。她见他脸上发青，扶他坐到路边的石凳上。

"你怎么啦？有什么不舒服？"她掏手巾揩着他额上的汗。

"没有。"他说，把一双眼闭死。

"有什么不舒服就说嘛！"见他脸色转青为白，有些吓住。

有什么不舒服就说，说他不舒服的话？哦，他忽然会意了，人家是逼他先提出来。明明有话自己不说，倒要他说，离了自己好落个心无愧疚，这个狐狸精！

"我——"说就说，睁开眼，一下站起来，然后又摇摇晃晃地坐下去，"我——"

"说吧，有话你说……"

"我、我——"

第四章 韩门不寒 111

"哎呀你这是让人急死。"

"我、我……"脸色煞白煞白。

"那么你别说了。"拨了120。

"不,不,我,我……"

"好好好,快别说了。"

"我……捉、捉奸。"终于说到两个字。

可是她好像没听明白,120呼啸着风驰电掣地赶到了。

坟头插花(10)

收到一条短信:我有哪点儿不比他优秀——那个俗气的男人?麒麟才能配凤凰,你是凤凰,我一定要得到你,哪怕撕光你的衣服。想你光了身子更美。你是我的,必须是我的。

"变态狂。"她自语,然后慌张的环顾四周,不知道那影子是否隐在周遭;她重足而立,诚惶诚恐,掏手机电告丈夫她的位置。

韩其心早从文芳那里得知那个变态狂是谁,得电以后马上赶来。这个时候,他完全忘了文芳的不忠。正驱车拐过一个岔路口,忽见前面不远的路边蹲着一个熟悉的身影,到前一看,却是钱多多,手上正提着手机,旁边是一辆红色小轿车。这不看则罢,一看就怒从心起,他停车下来奔过去不由分说地揪住钱多多的脖子,照脸就是一拳,只听"哎哟"一声,钱多多应声而倒。

"你,你这是干什么?"钱多多仰叉在地上,腾出一手捂腮而问。

"干什么，干什么你知道！"韩其心理直气壮。

"你、你这是疯了。"

"你才、才疯。我问你，你没事儿给我老婆发什么变态短信？"又想冲上去。

"慢点儿，"钱多多伸手制止，"你说清楚。"

"这还不清楚吗，你个变态狂！"

"你才变态狂，我连你老婆的手机号码都不知道，发什么短信？"站起身直着到他面前。

"你，你敢狡辩？"正吵到这儿，手机响了，一接，文芳说又收到个短信，都是那个变态狂的。

"什、什么时候发的？"

"现在。"

"现在？"

"是。快来嘛，我怕！"话很急。

他问了来短信的号码，用面前的钱多多的手机拨通自己的手机，显码与妻报的码一核对，不对。

不是钱多多？他打错人了。钱多多好像欲言又止。危险，他也顾不上与人道歉，匆匆就飞车去了。

到了那里，文芳正紧张地瞭望。随后何干部也到。

"没事儿了，谢谢你。"文芳在丈夫的车后座上跟何干部说。

"没事儿就好！"何干部说着回车走人。

没事儿？你俩说的，韩其心倒觉得有事儿，他边开车边问：

第四章 韩门不寒 113

"你呼他来的?"

"不是,那时他正好打电话问我生意上的事,知道了我的险情。是他自己过来的。"

"早不打晚不打,就这么正好?"这句话他没出口,他觉得文芳现在一遇上危险首先想到的是两个男人,一个是他,一个是何干部;她似乎想同时拥有两个男人,一个明的,一个暗的。贱人!不来个捉奸捉双,她还当自己是痴痴骏骏的脓包。

第六节　捉奸

他醉了,佯的,睡在床上,假寐,生怕被她看出来,侧身向着床内墙边。她坐在床边梳妆台前梳发,手机搁在梳妆台上。这是晚八点,她解开辫子,冲镜中人一笑,镜中就绽放出一朵花。他虽然侧身向里,身上的每一根神经却能感觉到身后的她的一举一动:梳发,扎辫,然后喷香水。香水味儿扑鼻而来;她用的香水越来越高档。他翻了个身,平躺,呼呼着,眼睛不敢微睁,就这样,他也能感到旁边的她在画眉,然后是抹点淡淡的口红。以前好像没见她刻意这么化妆,好像今晚她要出嫁,真是幸福死这女人!

一切梳妆停当,看看壁钟,八时十二分,她静静的看着她的手机。这时候,壁钟的脚步嘀嗒得分明,它走得不紧不慢。到了八时二十分,忽然不嘀嗒了,秒针抽搐一样的原地颤着,时针、分针都定格下来——是没电池了。世界屏住了呼吸,一切都停下来似乎在等着什么。

"爱你爱到我心疼……"台上的手机唱起流行歌曲,她一接,答应着，出去了。他一个鲤鱼打挺，翻身下床，跟着出去，鞋子都来不及穿。

想那来电的定然是何干部，哼，这对狗男女这样幽会不知几次了，或者几年了呢！

她走得很快，挎着一个女式挎包，好在他光着脚丫，跟起来脚步轻捷，不至于弄出声响。他小心翼翼地跟着，跟得近了，怕被发现，远了，怕跟丢了。她着一套现流行的韩装：SZ衣米，上身短袖，下身短裤，青春靓丽，由这条街穿过那条街。他紧紧咬住。在灯光昏暗的地方，她步履如飞，时不时还回头后顾，这给他的侦探工作带来很大的困难，他不知道她是不是察觉到了什么，但或许偷食禁果的人都是很警惕的。

切入大街，她拦下一辆出租车，他马上也打的尾追。的士在大街上川流，他从司机的后面押脖，目光紧咬着前面的那辆士——已经告诉司机追踪目标，可还是不放下心。车子在一个拐弯处甩了一下，他的身子随着跌挤到窗玻璃，眼前一下失去了目标，他赶紧扳着前座的靠背弓身半站起来搜索前面的目标，见了，不远处，在通明的路灯下很分明。

这些年，领导换了一届又一届，街灯换了一拨又一拨，街灯是越换越高了，远高过了道旁树的树梢，这给行车带来了方便，司机不至于觉到路灯的刺眼，这正造福着韩其心，他一瞬不息地盯着那辆的士。在一个大商场前，她的出租车停下了，然后她下车，匆匆走进商场。他下在商场对面的一个报刊亭前，胡乱拿起一本杂志掩着脸，眼睛从书页上探出来，监视着前面的商场大门。

奇了怪了，她这是来这里干啥？这是购物的地方，不适合约会

第四章 韩门不寒

呀！看看那幢商业大厦，耸构巍峨，上接云天，有十层那么高。在第三层，横向一线拉开几个镏金大字：百家汇商场。下面是一个鹰翼的飞檐，它在商场大门上展翅欲飞。那门有十来米宽，里外灯火辉煌，它像是一张大张着的鲸鱼的嘴，吞吐着这个世界：有高个儿的男人，矮个儿的女人，牵着孩子手的母亲，身材佝偻的老者等等。忽然，他眼睛一亮：何干部；从商场门口出来；一个人。他机警地隐在报刊亭后。她呢？她怎么没跟出来？他机警地窥探着，心里很紧张。

他们要转赴另一个幽会点？可是，何干部出得商场，就拐右边街去了。她还没有出来。两个人怎么会没有跟着？坏了，这商场会不会有后门？他着急起来，想奔进去看看还有人没人，这时，文芳出来了。那何干部没有等她，已经消失，看来真要第二次"会师"。高手作案，天衣无缝啊。

那高手的女人不知道还耍什么花招，出得门来就打的到自家的鞋店，把一双鞋塞包里，又折回来。在她把一双皮鞋塞包里的时节，他深怕看漏了什么，把双眼睛睁得要裂。她把包链拉上，冷不丁一抬头，他赶紧回过身去。好险，幸而他反应快，加上离得远，否则他定要暴露了。这么些枝枝节节使他感到了侦探工作的艰辛繁复和侦探的伟大。不过，狐狸终要露出尾巴的，这不，那贱妇第二次从鲸鱼似的大嘴出来临街大约是等的士时，一辆红色小轿车而不是的士停在了她的面前。他的眼睛越睁越大了。只见车门开处，一个好像是钱多多的男人下来把她推进车子里，然后启动驰去。"大侦探"的的士马上跟了过去。大侦探指挥着司机，让两部车之间保持一定的车距。对了，那辆红色的小车他见过，应该是钱多多的。

7024，哦，钱多多的车牌号尾数也是24，那晚他溜过一眼，应该不会错的。

这可玄了，她是跟谁约会？钱多多究竟是什么角色？难道说何干部约会她，然后半路杀出个钱多多来"劫会"了？那么她应该现在给何干部打电话求救。他用司机的手机拨何干部的手机，通了，不等人家接，他马上挂了。怎么会不占线？又拨何干部的家用电话，接电话的是何干部，大侦探一耳就能听出来，他同样一声没出就挂了。

何干部现在在家。在家，没有跟文芳约会。怎么回事儿？他的判断出了问题，他的侦探不够格了。的士还在一路尾随红色轿车。大侦探闪过这样一个念头：难道文芳贼喊捉贼，自己去偷汉，却说鬼老追她？这鬼明明是钱多多，她又设局证明不是，以打消他的疑虑，好继续自己鬼摸鬼盗的欢乐？然后一旦东窗事发，捉奸成双，她却正好推说自己被"鬼"吓昏，不知其之所为……真是这样？妙计，连环妙计！

可是，刚才她是被推上车的，自己并不情愿……他的头脑乱了，眼睛可不敢放开目标。他们这是要到哪儿？怎么越开越远？"有情况。"司机说。果见那被跟轿车开在直道上却还弯来拐去，醉酒了一样。怎么回事？弯的拐的幅度可真够大，从这条车道到那条车道，又从那条车道拐回这条车道，S形走向。危险！他看过侦探片，"经验"告诉他车上的人在打斗。莫不是妻跟人打斗？他连忙拨妻的手机，良久，通了，果然听到妻的短暂的搏斗的气喘声，然后中断了。他喊叫司机加速追过去。正在这时，红色小车摇摇晃晃驰离了公路，奔过一片草地，七拐八弯穿停在一片林子深处。大侦探的的士却跟不过去，远远地陷在一个浅泥洼里。

的士喘息着停下了，大侦探迅疾开出车门下车就奔，就跑，向着事发地；司机在车上继续开足马力"拔足"他的车。

那歹徒已经把妻按倒在地，骑在妻的身上，撕扯妻的衣裤。厮杀正在进行，妻的惊叫声、呐喊声撕碎了星光微弱的幽幽夜空。

他奔着，人还没到，就抄出手机，几步跑近了，对着那歹徒就兜头盖脸砸过去——太急，没砸着。那歹徒回身向他，正想腾出手脚来对付他，又被身下的人扯住。他忘了或者来不及做击打沙袋的动作，一下子扑过去，把他扑倒在地，两个人在地上扭作一团，几个来回后，大侦探一个翻身骑在那歹徒身上，卡住他的脖子，然后腾出一只手，抡起拳头，一拳打在那厮的鼻边，打得那厮鼻子歪在一边，鼻血流了出来；又抡一拳，这一拳打在额上，打得那畜哎哟叫饶；复加一拳，正在太阳穴处，只听嘭的一声，那畜却没了动静。

这时，司机把的士开过来，车灯一照，他吓住了，那昏倒在地的人竟不是钱多多。

韩大侦探和司机把那畜生扛上车。文芳蜷缩在一边余悸未消，她的上衣下裤已经被撕得粉碎，难以蔽体了，幸而她的夫及时赶到，否则定要蒙羞的。

你道那造孽的畜生是谁？不是别人，却是那"鬼"，那老给妻子发短信的老骚扰她的尾巴。谁？钱多多的亲弟弟钱多锋。

后来警察转告他们医生的诊断，说钱多锋确实是变态狂，早年就得的病，后来愈发的重了；警察还转告他们那变态狂的供述，说他"早就暗恋文芳，从第一次跟哥哥见到文芳始。"

第七节　复捉奸

晚饭时候，韩其心想亲自下厨，做个茄子煲，"设宴"为妻压压惊。丈母娘让他吃外面去，别在这儿班门弄斧。

"那么，阿莲们怎么办？"他客气地问。

"你管你得了，还管别人做甚？管得可真够宽，"丈母娘嘀咕上了，"不怪我女儿出一步门都被盯梢！"

"妈——！"文芳喊。

"去！"做妈的驱着女儿。

这话昨天她就跟亲家母吵过，韩母的意见是，女人晚上还出去干啥？男人盯梢也是为了保护女人。

韩其心今天心情很好，不会跟她计较。

"那就一块儿吃馆子去。"他邀她。

"谁给阿莲们做饭？"她没好气地摆了手。这样，他们一家三口出门了。

两座冰山融化了，韩其心冰释了前嫌，话匣子就开；文芳一出门，一手钩住她的夫的臂弯，一手拉住坤坤，朝饭馆走去，她的脸上漾着幸福的笑。她并不知道她的夫对她的盯梢是疑心她红杏出墙，以为是替她捉鬼，她很感动。

一家人正这么吃着热气腾腾的茄子煲的时候，一个短信飞到了韩其心的手机上：管好你的老婆。

管好你的老婆？什么意思？一边去！他把手机带起来了。文芳问他收到什么短信，他说没什么，他不愿意这种无聊的短信破坏这么甜蜜的气氛。但是,第二个短信又来:你老婆勾引我老公。

哦,他的心咯噔一下。短信来自一个陌生的手机号,谁呢?是恶意离间他们夫妻?肯定!他相信他的妻是无需怀疑的,但是,无风不起浪,注意一下似乎也并无不可。

妻见他接到短信后,脸上忽而晴转阴,话也冷了,问他又收到什么短信,他只不说;回家就把两条短信给删了。

一周以后,嘟嘟,他的手机震动,一看,是那个发短信的号码。此时,他正在开会,他于是出会议厅来一接,却是何干部的妻子,说是她老公正和他老婆在一起。

"你、你有什么证据?"他底气不足地问。

"我在盯他们的梢。"

"在、在一起也不能证明什么呀?"

"你傻啊,他两个单独在一起喝、喝那好像是红枣茶,或者是红酒,我老公刚刚叫过一个服务员,怕是安排开房了,你快过来。"

"我、我已经出差在外。"

"脓包!"她挂了。

他不知道她说的是真是假,想打电话跟妻查证一下,可这是能查证的吗?他这是信谣还是信妻?可是,那女人说她在盯梢,那是亲眼所见……要是真如她所言,总不能就这样让他们成事儿啊!可自己远在北京,又能阻止什么!要是打草惊蛇,日后还许捉不到奸……坐在会议厅,他已经无心听会,又出来,嗒的点上一根烟,吸一口,反剪着双手踱起来。吸完半根,终于还是拿出手机拨通妻子。

"喂,老公,喂,怎么不说话?"文芳话音很绵。

"你、你在哪儿?"

"怎么,担心我的安全啦?那变态狂不是被抓了吗?你还怕什么!"

"是,我只是——只是——"

"好好好,我知道你为我担心;我现在在家,在家。放心了吧?"

……

她说她在家,那么说,何干部的妻子骗他。这个搬是生非的女人!他一下动了肝火,打电话要骂那女人,不想反挨人家的骂:不信你来看看。他看什么?他有千里眼吗?挂了电话,他疑虑重重。想想又拨通自己的家用电话。接电话的是丈母娘。问文芳在不在,说不在,反问他有什么事怎么不拨她女儿的手机,他"啊啊"着挂了。

文芳撒谎!那么说那女人没撒谎。

那女人又来电,他一下就掐了,掐了这个报丧的。当初只怕见她那蔫杆一样的身材,现在眼不见蔫杆了,那舌头却从千万里之外伸过来。看来,她的舌头更其可怕。

说到这个报丧的,一生下来就让父母犯病,瞧那瘦的,手修修,脚细细,那脸,那头,活脱脱泥捏的,没有一些生气。父母老以为她是冤孽所化,担心她活不过一个时辰,就隔三差五给请道士。大约是道士法术高明,在哄哄哗哗中,她竟能挺着活,挺了一年又一年,到该是姑娘的年龄,那手更其修,脚更其细。整个人在风中那么一站,随风就有些摇,好像是蔗园里被火烟熏烤过的有些发蔫的色泽污暗的蔗杆,让人看着都碎心。蔫蔗杆的父母原本就没打算她能嫁出去，不想在她快成老姑娘的年龄，她父亲倒腾蔗糖猛地发了一大笔，何干部的母亲于是说媒说上门来，喜得两家的老人是脸上皱纹摞皱纹，谁看着谁的皱纹都亲。薦蔗杆出嫁那天，她爹一个高兴，划给了女儿女婿价值不薄的在城里的几块房地。此后，何干部一得空就到那几块房地上走走，看看，"谁说不值当呢！"每次这么走着看着，他都自言自语。不料两年以后，岳父大人一路亏空，至于到处举债，无奈之下，偷偷就把原先划给女儿女婿的那几块房地卖了。何干部每天看着的地一下没了，一哭二蹦，说什么都要与薦蔗杆离婚。他和薦蔗杆结婚图个啥？薦蔗杆配么？研究认为，长期跟一个奇丑的人在一起，就要短命，何干部最怕短命，可是跟钱比起来，他不能这么怕了，哪怕抠瞎了一双眼，钱还是要拿的。他家穷啊，哥哥就是因为吃不饱饭一病夭折的，那久病在床的父亲不久前也撒手人寰了。他没什么理由不听母亲的话，于是奋不顾身与薦蔗杆结婚了。可是现在怎么着？看得好好的几块房地忽然间没了，你拦得住他杀人还拦得住他离婚？可是，婚也不是说离就能离的，薦蔗杆可不真是泥捏的，有次半夜就把他掐醒，右手举着一个开了盖的硫酸瓶在他头上举着举着就要倒下去，吓得他是捂脸讨饶，从此不敢再提离婚，见她就浑身跳肉。

"似此婚姻状况男人是不安于巢的。"韩其心想。他心乱如麻：不安于巢就要到别人的巢来，这可不得了！——他真是身在曹营心在汉。要不是领导再三强调这次会议的重要，他还真想跟领导告个假，可是不行，好些同事削尖脑袋拼争这次出差的机会都未得，他不能辜负了领导。

这次出差，主要是学习借鉴几个省市的大型工厂附近被污染村子搬迁、村民重新安置和村里土地、房产赔付办法等先进经验，对于协助化工厂解决搬迁本市那个"闹事村子"的相关问题具有重要意义，但是，他再也听不下去这会了，实在听不下去这会了，第二天跟领导求了假，匆匆就乘机回来。

回到家，文芳来投抱，要亲他，他推开，文芳很愕然，以为他在工作上遭了气，转而好言好语安慰他。他也没说什么，转身回房把自己锁在其中。他不知道她和何干部是不是发生了什么，这事儿又不好问，他就这么跟自己生气。

当晚，那蔫蔗杆一个电话约他到一个快可立奶茶店喝奶茶。

"我老公很本分，是你老婆勾引我老公。"奶茶还没上，蔫蔗杆便说。韩其心不听这话则已，一听站起来要走。蔫蔗杆把他拉住了——多亏他没犟着走，否则拉摔的是她。

"你别急，问题总能解决，你管好你老婆，我管好我老公就是。我们好好谈谈。"

"昨晚你看到了什么？"他重新坐下来。

"他们在一起喝茶，十点半回去……表面看起来没事儿，可是能没事儿吗？都满城风雨了……"

"他、他怎么可以这样？"

"谁？你说谁？"

"你老公！"

"是你老婆太骚，来勾引！"

"你怎么不说你老公太野？"这一句是喷射而出。

"你，你说啥？你老婆跟婊子一样，哪个男人见了不想上？"

……

奶茶刚上,热乎乎的,还没喝一口,两个人就一哄而散。

这个可恶的女人!他到死都不想再见这个女人。可是没过多久,那女人又来电说,她老公和他老婆又在一起了,在哪里哪里,"一定有戏。"他去了。

那是一个临海而立的果汁店,主木材料建筑,一些圆而大的木桩像大力士的手,合力把个店子从沙滩凌空托起有一米高,店子南面面海的墙全线洞开,形成一副巨大的可以听潮赏涛的空窗。窗台近一米高,那女人的老公和他的老婆在临窗的一桌,对面坐着。"好一派闲情逸致。"他心里呕出来,远远地避开他们的视线,被那蔦蔗杆哑语指挥着弓身沿木桩穿到店外他老婆和她老公那一桌的正下方。这里很隐蔽,既不会被上面的人发现,又可以听清上面那一对男女的话。

涛声阵阵。

"别生气,买卖不成仁义在嘛!"上面那男人说。

"你说我不够仁义?"

"够,够,我的两个鞋店还不是仰仗你帮忙,才赚到了点儿,只是送佛送到西,帮人帮到底,现在我生意不好,要改作服装店,你就再行行好,帮我接下这店里的鞋吧。不清空,我怎么改行?"

"我是可以帮你,可这清仓价你老抬着,为这事儿你都约谈我几次了,我哪有那么多时间嘛?"

"你以为我乐意?为这事儿,我老婆都怀疑我跟你有染了……"

"何干部,"她打断,"讲话放尊重点儿,不然我不客气!"

"好好好,你看这样行不?"顿了一下,抿一口芒果汁。

"先生,小包厢没有了,大的一个一百八。"一个服务生的声音，显然是对何干部说的。

这当儿，何干部的老婆在底下"哎哟"一声，这一声不小，上面的人能听得分明，幸而老公在上面不知道那是谁，是怎么一回事儿，就不以为意。

原来他老婆听得太全神贯注，服务生的声音把她吓了一下，她的头猛地往上拱，这一拱不打紧，额头拱到韩其心颧骨了。韩其心没出声，两个人的表情屈死鬼一样，可仍忍着痛贼样地伸头伸脑。果然是开房！韩其心的头嗡了一下。

"是五号桌；那一边！"大概是另一个服务生喊。

"哦，对不起，搞错了。"前面那服务生说。

底下的两个人轻舒了一口气。

"刚才说到哪里了？哦，这么着吧，我降一点，你抬一点，运费我亏了，进货什么价给你什么价，一分也不多要你的。这样可以了吧？你还嫌不够占便宜？"

"什么话？你那货滞销，不打八折免谈。"起身要走。

"哎哎，你别走，九折九折。"

"别拦我，我没空在这里废话。"

"哎哎，别走，八折就八折，依你！"

"那么明天把货打到我的'A2 皮鞋店'。"

"还要我打？……好好好，打就打！……服务员——，埋单。"

海浪声声，她来自蓝得澄明的大海的胸怀，一浪高过一浪地拍打在岸上，拍打在人们的脸上。韩其心的脸热辣辣的，左脸疼得厉害，他用手捂住左脸。他不知道自己是怎么来到这里的。脚下是南海的岸滩，沙白如絮，延绵至天边，它和海浪朝夕相处，相濡以沫,千百年来,谁也不曾怀疑过谁会背叛自己。他要从这里走出去,他被一浪一浪的巨大的潮声哄着。腿像灌了铅一样的沉重,脚跟脚踝很酥软,沙子太陷。回头再望,那婆娘还坐在沙滩上,很瘦,脸很小,那脸可以忽略不计。大约地说她没脸,疼的只是头。

韩其心一步一挪地拖着,步履蹒跚地拐着,身子好像有千斤之重,好几次都要犯瘫。有一个问题他现在还没想到,他的左脸颧骨处已经撞得有点儿淤黑,要是回到家妻忽然问:你的脸怎么了?干什么弄的?他该怎么回答?怎么回答!

第五章 奔向富裕

第一节 分葡萄

韩家鞋店连锁三家,店员增至十来个的时候,青青是那最末招用的一个,她是里面唯一的韩族血脉,丑小鸭。

"青青,跟我接货去。"老板喊。

"跛快点儿,别磨叽。"一些店员从后面催她。

她可真是要把瘸的那只跑断,健的那只跑瘸。在店里销售,她是很有成绩的,许多店员都不及她,可是连老板都没看好她,光爱看着她的跛脚唤她。

店里的生意大了,红了,出来名声了,小偷也爱光顾。有次进来十几个客,青青和一个叫虹梅的文芳的堂侄女忙着服务,一个小偷却趁隙偷了一双价格昂贵的皮鞋。溜到门口时,叫青青发现,青青慌忙喊着追了出来。可能心里太急,加上一瘸一拐,她撞上一辆停放门前的摩托车,然后人车倒地,左手被车把扎着,骨折了。

住院的时候,老板怨她老贼没逮着,却让店里赔医药费,告她以后别瘸不拉几的还追人。她哭了。住院三天,只有阿彩来看她。她不愿家里知道这事儿,出院后便没有回家,只在宿舍里养伤。韩其心堂哥说,等伤好了再上班,可阿彩告诉说,新进来一个店员,顶着她呢!她不知道等伤好了,还让不让她上班,便想到回家。可是堂哥不让，说是三个店人手都不够，还要增加店员，她应该为店里打算。

想到回家定要看父母的哀叹和责骂，她留下了。到伤好上班的时候，她已离岗十二天。老板从来没有过问她的伤势，对这十二天也当旷班扣工资。想想虹梅她们请假十来天都不扣钱，心里就觉着委屈。后来，堂哥是给她补了这十二天的钱，可她对堂嫂的看法和别扭依然没有改变——她不知道这个钱是堂哥从自己的工资里抠出来偷偷给她的。

"虹梅，你夹菜吃呀！……阿彩，你不舒服吗，脸色那么难看？"老板时不时会这么关心她的打工仔，唯独不关心她。

有次老板洗出来半篮子葡萄，坤坤拿来分，分每人三个，她却只得一个。分完，篮子里还有剩，搁茶几上，老板就招呼大家吃。"耶！"虹梅首先摘下几个，左手伸出两个指头，嘴巴即动起来。其他店员随即蜂拥而摘，只有青青坐在沙发的一隅看她的电视。老板叫大家吃，她不知道这"大家"包不包括她，她不敢臆断。臆断出了差错，自己是负责不起的。

那次她随老板去进货，老板指叫她把一款皮鞋搬出去上车，她见这款皮鞋的集装箱堆成两堆，近着，以为是同种，就这边一箱，那边一箱地搬，不想两堆集装箱里的皮鞋同款不同皮质，没进的那一堆价要廉得多，幸而好心的批发商及时发现，否则文芳要亏大了。这个险些铸成的差错使文芳很上火，一路就骂着她回来。

还有一次，阿莲和她在"A1皮鞋店"当班，一款新进来的鞋种叫客人看上了，她们却不知道是什么价，打电话给文芳，文芳的手机无法接通，阿莲记得这一货架格上的皮鞋原来的售价，就按着这个价卖出去了，钱是青青收。后来知道显然是卖亏了，老板很窝火，轻责阿莲，大骂青青。她哭了：她可是只收钱啊；还落了个造次臆断的罪名。

你说她这是还敢不敢臆断？

"青青，你也吃一个嘛！"阿彩叫她。

"不了，我不爱吃。"她摆了手，仍然看她的电视。

"来嘛，吃一个嘛！"阿彩要给她递一个，脸上微微笑着，左鼻边上那颗活痣便活灵活现。

"不不！"摇头摆手，觉得那颗活痣看久了就不丑了，倒有几分亲切。那点儿亲切一个转身，就再没人理她。她的世界孤独了。

在一个被人遗忘的角落，她眼睛的余光落在了篮子里。那是青绿色的无子葡萄，一颗一颗的，如同孪生，穗形饱满均匀。吃的人都夸甜，她忍不住再放眼一瞟，那青绿的颜色鲜艳得逼人，如是一颗一颗绿色的小水晶球。喉咙里余润着一点儿甜，那是刚才分得的那一颗吃出来的味儿，她偷偷咽着口水。

"瘸子是不能吃葡萄的。"捂嘴低语。

"吃了葡萄，怕连另一条腿都要瘸喽。"人们乐了。

"耶！"虹梅伸着两个指头从欢乐的人群中走出来。

她装做什么都没听到，把眼泪咽肚子里。

韩其心——她的堂哥没有说什么；文芳——她的堂嫂也没说什么。他们应该是听到了什么的。

文芳当然不说什么的，青青嘴上叫她嫂子，心里可从来没真把她当嫂子，她更愿意叫她老板。要不是父亲让叫嫂子，她真怕自己叫不出来。父亲说不叫不亲，可是叫得亲么？亲是叫出来的么？还

第五章 奔向富裕 129

是母亲说的透,她说女人虽出了阁,那还是长在娘家藤上的一个果子,娘家那片土地孕育生养了她,娘家的人看着她长大,这种亲情几十年来根植于心,无可替代,她所以永远觉得娘家的人亲。到得她嫁夫,那果子便从别院伸长过来,但她的根始终在别院,所以一夫而外,婆家满园的果子她都觉着有那么几分生分,"到底是两个园的果子啊!"母亲说。母亲的话大约是对的,堂嫂没觉得她亲,她也没觉得堂嫂亲;韩其心堂哥是亲,可他究竟不是老板,许多话,他不能说,许多事儿,他不能做。

她看着文芳别扭,她知道文芳看着她照样别扭。但是,人家是老板是主子啊。在一个家庭里,如果至高无上的父母说这个孩子傻,那么连自己的兄弟姐妹连别家的孩子也会说这个孩子傻。她在店里的遭遇就是这样,老板开山辟路,众勇士的店员沿路杀来,于是喊声成片,她退到一个山旮旯里,她的瘸她的拐成了人们嘲笑讥讽和藉以快乐的材料。

"人家笑我你也笑,也不撒泡尿照照自个儿,病秧子!"见阿莲笑得那杆细腰弯来扭去,遭风要折似的,她心里咒道。如果不是上帝欠着她一条健腿,她马上开溜,连工作连工资丢掉不要,她真受不住这气。

叽叽喳喳是通过耳语传递的,嘻嘻哈哈却不加掩饰,那几个瞟着眼咧着嘴的丑样儿,真真是令人作呕。电视早看不下了,她抑不住站起身,从这欢乐的令人作呕的人群中穿过去,由客厅过厨房进洗手间,然后掩了门,一个人偷偷哭了。

第二节 神秘的贵客

青青的眼泪刚刚抹完,她当班的鞋店就由政法路搬到解放路。这里人流量更多,老板就把原来的两班倒改成了三班倒。班次增加了,聘进的售货员随着增加,很多新进来的售货员与老板并不沾亲,这使青青的心里轻松起来。但是,她很倒霉,老派跟虹梅同班次。虹梅压根儿就看不起她,她很有些怕虹梅,她知道虹梅在寝室有小偷小摸的现象,这种伎俩很快派用到鞋店,这使她很担心。

在鞋店,虹梅的偷盗伎俩只发挥在几个贵客身上。这几个贵客老大手大脚,鞋价该一百给两百,该两百给三四百,你要给他退补,他一摆手能走人。这样的贵客只在老板的妈偶或到店时才来,很巧,青青觉得很奇怪。

那次虹梅接了客人四百块付鞋款拿着,趁老板的娘挤着笑送客人出门的当儿,忽然一个转身,偷偷往自己裤兜里掖进去一张百元大钞,另三张塞进店老板给店员配的钱挎包里。这一连串偷摸动作的完成只在瞬间,利索得近乎职业,可惜没有躲过一边的青青的眼睛。青青不敢言语,扭头装作没看见,她一下决不定自己应该怎么办。

告诉老板的娘是不可能的,她们亲着呢,母女一般。告诉老板呢?也不行,别让虹梅反咬一口,赖是她青青偷的,到时争辩起来老板该信谁?她只能当作什么也没看见,这样,什么事儿也没有。

青青第二次发现虹梅往自己裤兜里掖钱做贼时,差点儿"啊"出声来,幸而及时用手捂住了嘴。那客人显然认识文芳妈,只见他穿得一身名牌,很有钱的样子,掏了几张买鞋的"红领袖",让不要补了,洋洋洒洒就走人。文芳妈客气地送走客人,回头笑问虹梅收了多少钱,虹梅报少了两百,文芳妈脸上那笑有瞬间的失真;要不是后来有人揭发,文芳妈做鬼都不会怀疑面前这个小姑娘会是个贼。

她做贼和向老板的娘谎报收得的鞋款时,可是脸不红心不跳啊!一边的青青暗自佩服。她知道月底老板清账准清不出来,因为虹梅盗走的是客人多给部分的整数。

起先是一百,而后是两百,指不定什么时候是几百,欲壑难填,再不揭发,一旦老板闻出味儿来一查,不定她能贼喊捉贼。她左思右想,决定还是给堂哥透透口风。

"堂哥,"青青先下班回来,见堂哥一个人在家看电视,一步一拐地走过来,坐在对面,"是这样……"正要开口,门咿呀一声,老板回来了,青青把到口的话又咽回去。

过没几天,到店的路上,堂哥把她拉在一边:

"那是真的吗?"

"什么真的假的?"她一头雾水。

"就是你写在纸条上的话。"

"我?"眉开目睁,"我有写纸条?"

"喏。"掏出一张小纸条。上面有一行字:虹梅偷店里的钱。落款是青青。天!她可没写过这样的字条,笔迹都可以作证,她喊冤。堂哥相信了她,说字条是她堂嫂子拿给他的。堂哥的意思不在去追究谁写的字条,而在纸上那话是真是假。

"还真有这事儿,我就见过两回,亲眼见的。"她证实。

"你怎么不早说？"

"我……"

要走的时候，堂哥让她守口点儿，她点了头。

谁写的字条呢？肯定是个店员！谁呢？用心可真够阴，已经瞅见了贼，自己不喊抓，偏偏偷出她这么一个边缘的羊替罪。是偷，不是叫，也不是推。偷偷摸摸，干的虽是除贼的事，跟贼也没区别。怕她是见人偷了钱自己却没那个偷的胆，于是眼红，于是挖空心思出此一石二鸟之策。可是，自己不过是个边缘人物，又得罪了她什么呢？为什么要找自己做第二只鸟呢？她是谁？哼哼！比做贼的虹梅还贼，还可恶！

第二天，不见虹梅来上班，老板在给上班的员工训话时强调：谁要是手脚不干净，"可别怪我不客气。"老板走后，店员们议论开了，说虹梅是哭着回家的，怕是老板对她已经"不客气"了；然后咬着耳朵叽咕，时不时又瞟她一眼。她似乎听到人们说那写字条的人是她，似乎听到人们说她就是那偷钱的贼。她一气之下冲进那来矢之众中，"你们说什么！"人们嗤着鼻散了。

虹梅没有被炒，过十来天吧，虹梅上班来了，跟她仇人似的。她觉得好冤，想跟堂哥吐吐苦水，兴许堂哥能帮她澄清澄清，但那只是一过之想，她的堂哥是副的，为了她这个工作已经没少担堂嫂的气，她能吐吗？

再说韩其心问完堂妹话回来，心里就有了底。这个案子文芳交给他侦查，他让文芳把心放肚兜里好了。要知道，他有侦探的瘾。

一个人，死了，他杀，死尸前没有旁的人，可是门是反锁的，窗是关的，严严实实，凶手没在现场留下任何蛛丝马迹，然后你去

第五章　奔向富裕　133

查吧,查出来才正儿八经叫大侦探。小说上就有这样的,悬得不能再悬,可是怎么了? 最后还是破了,凶手被绳之以法。以前读到这样的情节,韩其心掩卷叹服之余,便有些觉得自己是不是入错了行,他但愿自己是这样个大侦探。眼下业余也来了个侦破的机会,他但愿案情复杂点儿,难点儿,可是没有。案件很快被侦破了,但是对贼的处理意见夫妻各执一词,然后吵了一架,最后老板拍板:照留!

办案过程韩其心有个疑窦,就是老搞不懂那几个到店里扔钱的款爷是怎么回事。那究竟是咋回事儿呢?大侦探的经验:世上没有白扔的钱,那几个人总有个目的。疑是为色而来。一侦,有点儿姿色的店员们谁也不认识那些个款爷,也没跟他们有任何来往;二探,文芳跟这些人也没什么关系。倒是丈母娘跟他们有认识。

他们是冲丈母娘来的? 冲一个满脸横秋的老妪? ——非亲非故,这、这是什么事儿? ……感觉自己掉进了迷雾蒙蒙的九重天,正要来瘾,却又不能探了,方枘圆凿,他和丈母娘压根儿说不上半句,到丈母娘这边他只能打住。于是那个疑窦只能老在心头:

那几个"爷"究竟什么来头呢?

第三节 飞来横财

A2皮鞋店两人一个班次,搭档一周一换。这一周又轮到青青与虹梅同班次。这天,老板的娘到鞋店转悠,手上还提来一串葡萄。"耶!"虹梅摘下几个手心里托着,右手伸出两个指头,举着从青青的面前擦过,像是举着一面胜利的旗帜。

人生如"耶",在她看来。把两个手指伸出来,举与头顶齐高,同时嘴里蹦出个"耶!",如果再加上个疾走的动作,那么人生的意义几乎就全在里面了。活而不"耶",那么跟死也没太大区别,特别是年轻人。她就看不上有时又可怜起跟死没太大区别的青青。

青青自出店门,不远处晾着。反正暂时没客,店里那老板的娘拿来葡萄根本没招呼她一声,她不能在里面让人看着自己咽口水。但是,她起身时一个着急把发钗落在了坐垫上,出到门外一时间也没想起。在门外,她看见有一个客人进店,虹梅跟过来服务,她就没进去。那客和老板的娘打了招呼,他们认识的。才记起这客半月前就来买过一双皮鞋,是款爷。这回又是买给谁呢?该不是才买的那双穿坏了吧?她没再多想,转过头来闲透一会儿气。

等她回头进店的时候,款爷已经走远,老板的娘正挤手机在耳边目中无人地打着出来,那虹梅却从鞋架下的座儿上拾起一个钱包,匆匆进店里的卫生间了。

忽然想起落在坐垫上的她的发钗,现在却不见了,满店里一找,没影儿,无望中搜一眼店外,却见它在不远处的地上撂着,过去捡起来一看,已经窝弯。她生了气:定是这贼扔的;这贼,尽干些下三滥的事儿。想这贼刚才怎么拾个钱包,还鬼鬼祟祟;有事儿,没准有事儿!

"你刚才捡那是谁的钱包?"见贼从卫生间出来,她问。

"谁、谁捡钱包?没、没有的事儿!"初有些结巴,眼神有些回避,继而正过脸来,"你、你捡?交给我。"

她知道斗不过她,不说了;疑心钱包是那客落下的,回头人家定来找,可是没来。临下班的时候,那"耶"开溜了,她感到那

第五章 奔向富裕　135

"耶"是迫不及待。想到她那下三滥的手法,想到那客回头找来,自己是有嘴说不清,她拨通了堂哥的电话。

"……钱包鼓鼓的……"她汇报,又建议他打电话给她。

他不会打电话给她,那叫打草惊蛇。大侦探料定,以她一个老贼的老到,她一准在"飞"回家"卸货"的路上。赶是赶不上了,怎么办呢?忽然想到文芳正在那小老贼的村子里探亲,于是马上连线文芳。文芳得"令",立即在村口设下埋伏,等目标从客车落下,她突然跳出扑去,那贼见势不妙,慌乱中夺路欲逃。"虹梅!"只听一声断喝,那贼扭头一愣,却被文芳拿住。文芳将她"拿"到一边一抄身,果见一个鼓鼓的钱包,打开一数,整两万块,一张一张全是新的"红领袖"。

"我是捡的,不是偷的,"老贼辩称,"如果失主没来找,就该是我的。"

"放屁!失主没找,我怎么知道来捉你。"文芳倒也机智。于是把她"拿"回。一审,原来那失主到店看鞋时,手机就响起,他从口袋里连手机连钱包一齐掏出,钱包放在鞋架上文芳妈面前,示意文芳妈看一下,然后接听来电。不想几乎是同时文芳妈的手机也响起,慌忙接电中文芳妈根本没注意人家让看钱包,她的注意力全在接听电话上。两人一前一后,像当兵的得到长官的命令一样匆匆走了,落下了这个满装着"红领袖"的包包。

"幸亏我帮他保管,要是被人捡去他可是哭天喊地都枉然。"老贼反过来邀功。她赏了她二十块钱,于是听得"耶!"了一声,伸出两个指头。

人生之大幸无外乎有个陌生人把两万块钱遗忘在你面前,然后永远都想不起永远都不追回了。十天过去,那个款爷幸而死了,不再见他浮面于这个世界。"半个月后该过诉讼期了吧?"文芳这些天颇热衷于向她的夫讨教法律知识,诸如捡到钱而不还法律上认不认罪,如何认罪等等。

韩其心让登个招领启事好把人家的钱奉还,这话差点儿招来两记耳光:"你傻啊?一边去!……这会子他要找上门来也不给,谁也要咬死不认这折。"

然而,一个月后,那款爷仍不见来,"幸而真是死了",文芳心上悬着的石头落了下来。按说文芳的生意已经较大,收入源源可观,两万块也不是什么大不了的数目,可这是飞来之财,侥幸!人生之侥幸有万万种,得飞来之财之侥幸乃是万万种侥幸中之最可激动人心者,这种侥幸所发酵出来的窃窃之喜是无与伦比的,它像一坛好酒,必须窖藏好而又由于不太好窖藏而发散着清香,你看文芳的脸上总溢着那香,如果你有机会从她满溢欢喜的言表走进她的内心,你会发现她那个刚刚开始的小九九:盖一幢住宅小洋楼,然后买一辆小轿车。有了飞来的这两万块钱,离盖楼的数目着实近了一步。

大侦探可是一点儿也高兴不起来,反把个眉头蹙紧了。以他"办案"的经验,断不会有人落了两万块而不回头找,联想起鞋店里那几个陌生的任意泼钱的款爷,他觉得里面定有文章。

定有文章!他断定,只是他还不知道那是怎样一篇文。

第四节　谁在婚姻上划一刀

　　转眼坤坤已经九岁，三年级了。在班上，他是纨绔。母亲老板的身份使他压人一头。他的衣着整洁而华贵，学习用具也上个档次。有一回，外婆在他的笔盒里装个从外省购回的小物件，被"哥伦布"发现后在班上传看，羡慕得满班尽咂嘴儿，有几个还啧啧着上来搓他衣服的面料：瞧我们"坤老爷"穿的这是什么档次。他羞愤难当，恨不能当下有个山洞一头钻进去——最后是哭着从教室跑回家。他怨外婆私自往他笔盒里放贵重玩意儿，他脱下身上母亲给买的上等亚麻面料衣服，重新穿上父亲给买的粗布衬衫。母亲回来见他神色不对，问他出了什么事儿，喝他"换下这身粗布大麻"；他不从，怂怂然出走，饭也没吃一口。母亲几乎晕倒。

　　没出息！跟他爹一个德行。不装不扮的，小时有妈给敦着促着打点着，穿的还算有个样儿，可也没少跟她拗；这会子却出走了，你说将来可怎么好，可怎么有个形象？人说七分形象三分才，哪个老板哪个当官的不是借着个好形象东冲西突，南征北讨，干下一桩一桩的大事儿？这个理儿明摆着，他却怎么说怎么与你拗着；儿这样，爹也没说一句声，反给他买那皱褶巴巴粗手糙脚的乞丐儿服，你说这父子怎么那么像？怎么就不像她下的种？她这是哪里修来的命，生下来这么个没出息的东西！要不是已经结了扎，她还真不稀罕这么个东西，就不信再下一个也会这么样……命啊！

　　那次他打同学家回来，发神经样的要回他奶奶家，问干吗去，说是去放牛。她一听几乎要拿鞭子，他一逃竟然回他奶奶家放牛了。你说这是哪门子出息？她这辈子还有什么指靠？她在人前哑了嘴，压根儿不提她的儿，这么着没几天就感了冒。儿子放牛了，爹却不着急，还说什么放牛可以长见识，种地可以丰富体验，这样可以写出好的作文。她听得肺都炸了，病就往重里沉。

说到这个做丈夫兼做父亲的，还真不好做，一面哄不顺妻子，一面讨不好儿子。妻子这边是越哄越病，儿子那边总算撅着嘴回来了，可是闹绝食。他是风箱里的老鼠——两头受气，可是他没顶妻一句，没骂儿一声，又忙又累又不讨好，"他就这泥性——软。"文芳打心里骂。她越来越看不起这种男人：挣不到钱，性子绵。

没错，她年轻时候是不觉得有了钱就有什么了不起，"我的爱不出卖。"她是曾这么对他的夫说过，可那是年轻时候；年轻时候懂什么！这年头她见的老板多了，哪一个不是叱咤风云，吆声如雷？可你见他吆呼过没有？这辈子都没见过！当干部而不当官，为人而不为老板，还活个什么劲儿？她真的想不明白。

"你爱人做什么的？"与经理总裁打交道，人家冷不丁会有此一问。"也没干什么，就是当个干部。"她惭愧得满面通红。

她多次想花钱托关系让他爬个台阶，别让他老死在股级上，可他仿佛是吃泥长大的蚯蚓，抱定终生要埋死在地底下，死活听不进一句人话。她失望了，然后绝望了：没救！现在连儿子都要没救：竟出走了。

她决计不去找他，就当没这个儿子！可是，夫从早上找到中午，从中午找到晚上，到晚十二点，夫拖着一双疲累的腿一个人回来，她兜头就骂："找不到儿子你回来干吗？"他又踅出去，整一天也没吃一口饭，她也跟出去，可是他们谁也不知道上哪儿找去。

第五章　奔向富裕　139

"就你,把孩子教坏了。"她在后面责备。

"还说呢,不是你惹了孩子,孩子怎么会出走?"

"一生气就出走,都是你平常惯坏的。"

"你……唉,别说了,把孩子找着就是!"

"要是找不着,我跟你离。"

他十分吃惊地望着她。结婚十二年,第一次听到她提离婚。记得婚前,他几次跟她说过夫妻再闹,亦不能轻言离婚,如果不真离,"离婚"二字是万不可言的,因为提一次离婚,就像是给婚姻的果子猛划一刀,感情的伤害是巨大的,留下的伤口甚至是永远无法愈合的。他不能言语了。他忍痛拊膺,只感到天旋地转。

他顿足。这里的路灯是昏暗的,世界没了光。他两腿发颤,浑身困乏,力不能撑,索性坐到路边水泥地上,额头渗出汗珠,几乎要昏厥过去。

她没有同他坐下,只顾往前走。

孩子没找着,第二天自己回来了;文芳两天没去上班;韩其心称病也告了假。一家人都在家,没有别人——已经租房给店员们住出去——可是,谁也没有和谁说话。洗碗、吃饭、收碗,在客厅中小坐一会儿,然后蒙头睡觉。一天当中,家里只有碗筷的碰撞声,拖鞋的哒哒声……静肃、沉闷、压抑、令人窒息。打从面前过时,韩其心有时也拿眼睛看看儿子,儿子没有看他;文芳谁也没看,要不是病着,她想出去看命。

第五节 改行

　　转让全部连锁鞋店,韩其心是事后才知道的;筹开一家海鲜店,"楼面已经租定,要装修,要购炊具、餐具、餐桌餐椅,要建个临时养殖池。"韩其心算是得到了"通知"。可是,知与不知已经无关大碍,反正木已成舟。

　　几个夜都没睡着,挠心。改行,偌大个事儿,事先没个商量,连个气都没通,他与她算什么关系?什、什么,文、文记海鲜店?店名都定好了,他这个文化人竟连起个店名儿的用场都派不上。文记海鲜店,叫文芳海鲜店得了!男人的自尊受到了极限挑战。

　　鞋店不是还赚着钱么?不是越办越红火么?怎么没说转让就转让?开海鲜店,脑子长虫啊,谁干过这个?谁担保这个能赚钱,比鞋店赚得更多?……这些话他竟没个唠处。副老总,七邻八舍的长舌妇说他是副老总,现在看来,连个副的都不是!

　　酒。老李。然后一塌糊涂。

　　一塌糊涂到才装修好、才建好临时养殖池的预开张的海鲜店,这时,文芳不在,一些工人在,叮叮咚咚的干。"你,干这个;你,干那个。"他大着嗓门指挥。鬼怕大嗓门,谁说不是,瞧,一个一个屁颠屁颠地跟着他的指挥棒转。他几乎要笑出声来,一种男人的自豪,一种老总的傲足,共着浓浓的酒气,一齐往头上涌。

　　来了个人,问老总是谁,他说是他,拍了胸脯。来人是推销乌龟的,问他做不做得主。他记得文芳说过店里有此菜谱,记不记得的,他现在是老总,他立马做了主:进货一百只。问是什么价,人说每只三百元。

货到即交钱。

来人指着那一只一只才运来的缩头缩脑的东西告诉他：这是黄吼拟水龟，这是猪鼻龟。几个围过来看的工人说，还是等老板回来再说吧——其时老板已经跑省城。"谁是老板？我不是老板？告诉你们，这里我说了算！"他咆哮。干活儿的于是乌龟一样把头缩了回去。他晃晃颠颠回家抄钱，从钱柜里抄来了三万元付了。

你道这是什么龟？草龟掺二三十只花龟，每只市场售价不足四十元，韩其心不认得龟种，不晓得市场售价，以为龟就是龟，每只市场售价也就是三百块钱，稀里糊涂被坑了。文芳一趟省城回来，几乎要和他闹翻。

"当好你的公务员（公务员改制后，他已是公务员）得了，还插手我的生意，跟你说过多少回了，你有这能耐吗你！"

"谁知道乌龟还有那么多种。"

"多少种都不比你这一种，当出头的时候不出头，当缩头的时候不缩头。"

"不就是三万块钱吗？"

"三万块少？你有吗？你那几个工资攒一辈子都攒不起。"

嘭的一声，韩其心摔门出去。

在茶馆独泡半天，在街头闷逛俩小时，家还是家，气消一些就当回去，不消也得回去，生老婆的气也不能连累孩子，晚饭还得他来做；他回去了。

家里空荡荡的，一个人影都没有，哼，不是冷冷清清，就是一屋的外人，这是家还是什么公共场所？还有没有一点儿家的味儿！

女人家家的,不在家理家,一天到晚在外面跑,说是打拼,打拼打拼打拼,家都没个样儿了,还拼个什么劲儿!

寒风瑟瑟,从北窗吹进韩家客厅,客厅里的电话铃铃响起。不接!准是找她的。一回来电话就追着回来,不回来电话也找,有时电话手机一齐响,电话比男人的还多。在家的时间本来就少,一在家又举着个电话喂来喂去,实际是人在心不在,她、她、她这是什么女人!铃铃铃,电话还在响,韩其心不耐烦地走过去,一看显示,老家的,赶紧提起话筒一听,母亲,问海鲜店什么时候开张,青青什么时候上班。他说快开张了,青青的班没问题。母亲说青青是个好娃儿,到鞋店上班那阵子,村里好些人都不再小瞧她,她父母的那块心病也好了大半。末了,嘱他记着点儿,招工时千万别落下她。母亲还要嘱他点儿什么,他嗯嗯着匆匆就想挂。事实上,海鲜店今天就开张,青青无故"落选",他正想责问文芳;现在,听母亲说得这么语重心长,他更不能不把这事儿当事儿了。

"青青的班漏了安排?"话说得既直接又委婉。天不擦黑不回来,一回来就吃就洗,完了外面溜一阵,说是跑事儿,"跑"完回来一上床就能呼呼睡去,让做丈夫的连说个话的隙都难得,他没办法,只能见隙就插。

"不是漏,是不能安排。"从澡间洗完头出来,兜着头发。

"怎么就不能安排?因为她……"

"因为她跛,"把话截过来,头发往上一甩,昂起头,"海鲜店不比鞋店,有钱人多,形象差是不行的。"

"你娘家那几个形象就好?"那头发甩出的水珠撒在他脸上,他没躲,眨一下眼,立着。

第五章 奔向富裕

"她们没跛。"

"跛了就不能上菜记单?"他还想说你娘家那几个没跛的看着都叫人没胃口,可是忍住了。

"怎么上?跛着拐着把端盘连碟连菜倾客人身上怎么办?你当人家的钱好赚啊?"干毛巾两手直扯着,弓腰低头,毛巾一下一下的掀着湿发。

"她给客人卖鞋可没见她把鞋倾到客人身上。"他今天不知道怎么那么能辩。

"哎呀呀,你倒是嫌不嫌乱,刚刚闹出个缩头的,现在又闹个瘸脚的——我说,生意上你不懂,海鲜店的事儿你别瞎掺和好不好?"

"就你懂,挣几个钱就上天了,当王母娘娘了,狂得不认得自个儿了。"大概是刚才妻洗发时,他把油瓶当酒瓶喝了一口,舌根就出奇的顺溜。

"你!"杏眼圆睁,"好了好了,我没空跟你说,我得去看看店子。"说着开门出去。

韩其心坐回沙发,猛地又站起,踱几步,再坐回沙发,把茶几上的烟灰缸挪近,点一支烟,吸一口,不好吸——冒牌的,烟灰缸里掐灭,长吐一气,倒一杯开水,灌一口,搁下杯,然后站起来,愣一会儿,又坐下,复点一支烟,吧唧一口站起身,反剪着双手在凉意飕飕的客厅里踱。

铃铃铃,电话又响起,一看显示,老家的,准是问青青的事儿,他不知道接了怎么答,一时不敢去提话筒。铃铃铃,他看着,看着响。

"为了青青的工作，定要跟老婆决战到底。"脑中闪过这样的念头，"要不，把青青叫来，直接安排进店里服务，先斩后奏，看这狂人咋着。"

铃铃铃，响得很急。

就这么定了。主意拿定，猛然抓起话筒："喂！"是父亲。电话那头告诉他青青找着工作了。

"刚才妈才来电话问我她的工作安排……"

"现在才知道找着了。"父亲说。

"她、她不是、不是有、有点儿——残……"

"人家不嫌……"

"真的？"

"真的！"

挂了电话，他放了心。正好，门咿呀一声，文芳回来了——那个狂人！

第六节　日进斗金

已经两个结婚纪念日夫妻没有互赠礼物，到十二周年纪念日那晚，文芳送丈夫一部手提电脑，昂贵的：

"这个送你，家里固定那部随你爱用不用。"说完撂在韩其心的书桌上就出书房。韩其心把它推到一边，继续写他的材料。他需要的不是这个。

高兴不高兴文芳没力顾，她太累。店里从早七点忙到晚十点，回家饭都不想吃。喘过气来吃饭洗澡就十一点，然后就犯困，躺到床上不一会儿就能睡着。

这么重要的日子她竟早早睡了,跟没过一样。

他一个人坐沙发上吸了一会儿烟,无聊。想散散步,没伴儿;想唠唠嗑儿,没人;要开下电视,妻儿已经睡着。百无聊赖中忽见文芳挂着的挎包,知道里面是一天的收入,没事儿找事儿的拿到客厅开包一数,一万五。一万五!海鲜店的利润是70%,他知道。这么说净赚逾万元,一天净赚逾万元,天!他惊得屏息瞠目。

今夜无眠。吸完烟包里的烟已是下半夜。挤熄最后一根烟头,起身没魂地步进睡房,懒懒坐到床沿,听得妻喃喃呓语:"……洋房……小车……"

不是有套房了吗?不是有摩托了吗?人,何必为了物欲忙死累活?有道是:人心为物欲所蔽,失其灵明。为了这些,妻都变了。

夜已经很深很沉,妻已经不再呓语,壁钟的嘀嗒声烘托着静夜之死寂,他盘腿上床,坐着,双目失神,木偶人一样,似乎在等天明,似乎什么也没等:唉,什么时候,妻才能醒呢?

海鲜店是越办越红火,服务员由十个很快增至十八个,包厨师、收银员、采购员、勤杂工在内,一总共有二十来人。生意大了,着实忙不过来,韩其心一家就把午饭晚饭开在店里。客人太多,有时一家人正吃着,又来一桌客,他们不得不收起饭菜给客人让位。后来,为了不致跟客人抢位,一家人把吃饭的时间前挪了。韩其心不大呆在店里,完饭,他马上要把坤坤骑回,店里的环境毕竟不利于孩子读书。但是,一天就这么来回的功夫,他还是知道了店里的一些事儿。从鞋店过来的老服务员爱笼嘴仰脸指给他说哪个哪个是款爷,以前在鞋店就如何如何摆阔,现在又是如何如何挥金如土。后来来得勤了，他便也认得了；他逐渐了解到这些个款爷有些是建筑包工头，有些是当官的。

有次他刚到店里，就听到哐啷哐啷一阵乱响，从一个包厢传出杯盘破碎的声音，接着一个叫水妹的服务员从响动处破门而出，掩着脸，呜呜着跑过来。原来她给客人上菜时屁股被客人捏了一把，她一着慌，杯盘倾在地上……

"好了好了，没事儿了，"文芳说，见满店的目光齐刷刷汇往这边，她把她拉到店外，"去，给客人道个歉。"

"他怎么不跟我道歉？呜呜……"

"哪、哪个流氓干的？"韩其心忿然过来。

"呜呜，那个秃子！呜呜。"

"去去，这儿没你的事儿！"一面撵丈夫，一面又命令水妹，"别哭！"

水妹止了呜呜，抽噎着。

这水妹年方一十九，人长得确像水仙。一身绿装，上面是含着露珠的鲜白的花瓣：就便是哭，也很有些魅力。再看那臀部，曲而不直，圆而不鼓，丰而不肥，像花苞，确是引诱男人犯罪的危险点。

"好妹子，听话啊，"口气转而委婉，"顾客是上帝，捏一把不算什么的，去吧，跟人家道个歉。"

"我不！"

"你倒是听话不听话！"

"呜呜……"又哭。

"道什么歉！"韩其心抑不住火，"妈个王八！"

"你住嘴!"文芳吼,"把坤坤带回家去!"

坤坤正坐在摩托车上看大人们热闹。韩其心冲进店拿了自己的头盔就转身出店载儿子回家了。

这边水妹还呜呜着,文芳很生气。

"她不去我去。"虹梅自告奋勇。

"你去干吗?"文芳一时回不过神来。

"跟客人道歉啊!"

"哦,好,我跟你去。"文芳如梦初醒。

水妹哭着跑出去了,从此就不再来,连宿舍那边也没去,后来听说行李是她的同伴从宿舍提出去给她的。

再说文芳和虹梅去给那包厢里的秃子道歉,对面一个"爷"却"招"是自己干的,不是秃子干的;秃子没有出声。其实,事发当时虹梅也在这个包厢给客人添佐料,知道不是他,但也不必戳穿。不管三七二十一,她们给"爷"道了歉。"爷"说不干她们的事儿,让那位水妹来给他的大哥道歉。说到这儿指着秃子,"大哥高兴了就什么事儿也没有了。"

文芳满口答应着说一定让水妹来,让他们放心。其实这一桌多是常客,文芳认识,那秃子是当官的,爱吃王八,服务员暗地里叫他王八秃子;那"爷"是包工头,不多话,可是心眼很多。

韩其心后来知道,海鲜店这么红火,多亏了这些官和"爷"。

话分两头,再说水妹哭回家中,文芳一个电话就追过来,追到村书记的家——水妹家没电话。但是,山里信号不好,通没多久就挂了。

第二天,村书记着急地登门拜访,水妹的老父知道了原委,劝着骂着撑着女儿让去给那当官的道歉，女儿不依，他便拉着拽着要从山沟沟亲自送女儿上城里人家的家门。他是过来人，知道当官的惹不得。女儿哭死也不肯上城，跟父亲拉扯上了。母亲卧病在床，哭得泪水涟涟，她有时劝女儿听父亲的话，跟父亲上城去给人道歉得了，有时又哭骂老伴，叫他别这么拉女儿的手拉脱臼了，后面是捶胸怨命，怨自家没个当官的。于是母女哭成一团。哭完，水妹答应明天跟父亲上城给人家道歉。父亲两眼发红，一个人蹲在灶边抹鼻涕抹眼泪。

天亮的时候，母亲要叫醒女儿，却发现女儿的房门开着，人已经不在。父亲找出门去，却见女儿在不远处一棵树上吊着，死了。母亲不久也哭死了。

第七节　洋房汽车

文芳"下通知"要盖小洋楼时，韩其心并不十分意外，虽然"乌龟事件"后文芳买了个保险柜把家底都存里面不让他动了，他因而连自家的家底都不很清楚，可略略也知道店里日进斗金，盖楼房的钱想是不会缺的，只是他确不认为小洋楼比套房好到哪里去！文芳差他找人画个楼房设计图交她看，他口上答应，却老拖着，文芳三催五催，可是一月过去一月来终没见上一张图纸，文芳一气之下让他别干了，把这活儿交给别人，这托人费就三千块。三千块，光是托人费，韩其心知道后别提有多心疼：钱再好赚，再多，它也不是纸啊！

三层小洋楼，从牵电拉水，购买建筑材料，联系建筑工程队，选用装修工程队,到督工,付工费,全由娘家人代办。韩其心有时也到工地上走走,看看,可那儿全没他的事儿,他像是无关之人。文芳很少来,多在电话里遥控。韩父韩母可不一样,楼是儿的,韩家的,关乎韩家的荣耀——虽然他们不会来住。三层,这是什么概念?满村最高的楼才两层,韩家这幢有人能比有人能及吗?虽然楼没盖在村里,可那也是韩家的啊。听儿说过,什么月牙(岳阳)楼也就三层,天下名楼了;儿建的这一幢就便不能跟月牙楼比,至少也是几辈辈韩家第一楼啊。韩母晓得,这幢楼一落成,她老婆子连老头子连儿子在十里八乡就该有个名姓。于是两个老人把"家"安到工地,整夜整夜都不敢合眼:那工地上的水泥、钢筋、铝合金什么都贵,看不好会遭贼的!

掘地三尺,打夯下柱,钢筋水泥结地梁,韩父这辈子还是头一遭见到。掘土机刚走,起重机就来;起重机刚走,拌石机、夯实机又来,砰砰嘟嘟,震天巨响一波又一波,韩父韩母听得心也壮壮的。谁说不是呢,大机器作业就是人力不及。韩父韩母有时看傻了:地基这么牢,怕那月牙楼也不定比得。他们有时找不到自己的活儿干,光这么转来转去,但是,回过神来向着人,脸上总挂着个笑。

建筑队把地基垫平时,韩母端着个簸箕弓着身跟着水泥浆推车找倒满木槽溢在一边的成铲的水泥浆,韩父操着把铲把水泥浆铲进簸箕里,然后老婆子把它倒进水泥浆推车里重新起用。不能浪费啊,人家是包工不包料,图的是省事儿,快,浪费的是你的钱!韩老婆子一面唤老伴铲着,一面叨骂着这帮建筑队;亲家那边虽来几个监工,可他们没监这个,韩老婆子于是连他们一并骂。

地基刚下完，韩父倏然间发现一个问题：房子竟是坐东向西。

不得了，可不得了，满村的房子哪有这么个朝向？韩族韩门祖祖辈辈建屋无数，哪一幢不是坐北向南？坐东向西，那叫不合风水不合祖制。"大逆不道，背祖叛宗，是要遭天谴的。"做公公的煞有介事。"谁说不合风水？谁说的？"做媳妇的一蹦三尺高，"这是城里，不是你那农村，地块本来就东西走向，向西是向着公路，风水先生说了，这才接财进宝……你是不懂就别张嘴！"公媳吵闹起来，媳妇吵着吵着要把公公赶回家，公公抄起从自家拿来的铁锹骂骂咧咧就走人。

"你个老不死的才遭天谴。真是！乌鸦嘴，呸呸，呸呸！"当年的妇女主任一面骂着老伴，一面过来拉媳妇的手，"文芳啊，你公公那是半截入土的人了，"抽出刚刚干完活儿才洗的湿手揩在裤腿上，"死老头那话你别当话儿，不过咱也别急，建洋楼恁大的事儿几辈子都遇不上一回，咱是一点儿也不能含糊，啊，再请个风水先生瞅瞅，一准坏不了事儿，你呢，事儿忙，这回咱来请，费咱付，"重新拾起媳妇的手，"你看这样行不？"

"多少个风水先生来看还不就这么个看！地基打下去了还能拔得出来？十几万元的地基你当是闹着玩的？"

"不是叫挖地基，就把个大门改个向不就得了？"忍不住有些急起来。

"说改就能改啊？图纸都画好了，得照着图纸……哎呀呀，我跟你说不明白。"挣脱了手。

"什么图纸不图纸，人犯错误都能改，房门改个向咋就扯什么图纸那边去了？"

"哎呀，没有图纸不能盖楼！……"

"咋不能盖？"

……婆媳又吵上了。两个老人怄了气，一先一后回了家。可是没两天又来，毕竟这是韩家的千秋之功啊！

往常这样的"战事"起后，韩其心总要扮演这样的角色：在媳妇面前同情媳妇哄媳妇，在二老面前同情二老哄二老，结果是两头挨骂，两头受气；挨完受完，两头的气也就消了一半。

这次，文芳压根儿没跟他诉怨，她好像失去了女人那点儿又诉又怨又眼泪的讨人烦来讨人怜的女味儿，但或者她看不起他了，所以不在他跟前要这个，这倒让他觉得自己没做足男人。父母那面是照常的"点灯投诉"，他如法炮制地安抚了一番，然后从老家摸黑回来。这样，二老第二天又打起精神齐上工地。

韩其心有时提饭菜过来劝二老回家，让别累着身子，说是老了老了的。不料二老不听劝，反骂他自己的楼别人忙乎，他自己倒悠闲。他哑巴吃了黄连。

巍巍"月牙楼"在韩父韩母的喜怨笑骂中落成，韩父韩母光荣"退役"。韩其心搬来住没几天就搬回他单位的套房，儿也跟了他回。

新楼不住住旧楼，大楼不住住小楼，文芳大闹天宫，却改变不了独守空房的命运，害得她"闺怨"频发，她不知道这父这子唱的是哪一折。到底一个人住，她怕夜啊！最后是从海鲜店搬来救兵：撤回半数的服务员住下，这样月牙楼才算没空。

分居后没太久，文芳催他去学小车驾驶，他嗯嗯着，可是没去，一天一天，一月一月。这年头总这样，文芳指挥，他嘴上答应着，可是只当耳边风。夫妻的亲昵越来越少，交谈越来越少，甚至接触也越来越少。文芳的本意是要给夫买一辆小车，可他老跟自己拗着。想想也是，这年头能跟自己拗着的人不多了，拗着就拗着吧，还是要买回来。

小车买回来，乐风1.6SX AT，三厢车，价格9万余。再催他去学。"以后吧！"然后一扭身走人。以后以后，小车搁在家等以后啊？这老公怎么就这么不入流，这么不懂得包装自己？老跟着个退了休的老李喝茶，人怎能不迂不古呢！她恨铁不成钢，想下猛药给治治，于是强行给他请了个司机，可他一出门就骑上个摩托突突突往外跑，司机在后面喊，他连摆个手都没有。

他不学自己学，总不能让一辆新车闲搁在那儿，她于是学了；学好了自己开。可是坐上小车一回头，又见他还在一脚长一脚短的蹬那辆摩托，蹬一次，"突"一次。他就这么没完没了的跟个破车较劲儿。突，突，……"突"过来前后楼宇一双双的眼睛：他这是自我作践。哼，看看又狠不下心，于是给他买了一辆更贵一些的：排量1.8升的北京奔驰，价格34.8万。谁知北京奔驰并不奔驰，也只是搁在那儿。

赖泥下窑，烧不成器物，没救！她打心里这么想。有次她一个人回套房，整理书案时发现一篇他写的日记，大意她能读懂，是怨她虚荣。她生了气。她认得"虚荣"两个字的，别人说她虚荣她可以无所谓，而今是丈夫，她不能不生气。

她怎么虚荣了？盖洋楼给自家人住，这是虚荣？手提电脑送他，虚荣了？小车也送他，他不用自己才"拿"过来用，后又给他买一辆更贵一些的，如今闲置着，闲置是他的事，车还是他的，怎么倒反是自己虚荣了?无可理喻!记得一个有钱人说过,读书人又穷又酸。她的夫怕是这一窝的。穷而不会赚钱,于是见人家有钱就看不起钱,端的是一副臭骨;酸而不入流,或者想入而被时代的潮流打上岸滩,于是愤世嫉俗,怨天尤人,端的是一副可怜相。

可恶!可怜!

最可怜的是她的儿子,得空时想送他上下学一次,他死活不肯,小车新啦新啦的买回来他就不坐一次,非要去坐他爸那破摩托。你说这父这子怎么那么像,父在前面走,子在后面跟,一步不落,双双一径往古道上去。

第六章 暴穷

第一节 生意冷淡

台风,十一级,半夜。

呼呼刷刷,狂风夹着暴雨发疯似的扑来,远远近近有鬼哭狼嚎,一头狮子被困在笼里,东冲西突,发出吓人的怒吼声、撕咬声,还有也许是笼子将被撞破时的撞击声、震动声。坤坤仰在床上,睁着眼。屋里黑漆漆的,墙壁像已震裂,有画皮的脸时隐时现,门窗黑洞洞的,像一张吃人的兽嘴,他感到了恐惧。

呼呼哗哗,雨点重重地摔在了套房的窗玻璃上,敲在人家的铁皮檐上,发出噼噼啪啪的暴响,那响声一阵紧一阵松,和楼顶的爆竹声,更远一些的肆虐的怪兽的怒吼声混杂着。轰隆隆,天雷像一个巨大的车轮从头顶上滚过来,滚过去,沉沉甸甸,要把人的耳膜震破,要把整个世界轧崩。孩子捂住了耳朵。爸爸出差了,妈妈应该在月牙楼那边。忽然一个闪,轰,隔着有色窗玻璃把房子照得白亮,像是电焊的瞬光。呼呼啦啦,嗷呼嗷呼,鬼哭的声音可真长,呜,啦呜,那衣柜里藏着个鬼,又像在窗外。"妈妈!"孩子惊叫了一声,没人应他,屋里根本没人。他起来掀电灯开关,没亮,才想起停电了。窗口这边似乎有雨沫,直飞到他的脸上,疑心是鬼给他吐唾沫,仍然壮了胆,想检查一下窗子关得严不严实,可是又一个轰隆隆的雷声把他吓回了床上,他捂头盖脸。

乒乒当当,想风裹着个瓷盆满世界里掼,那乒乒当当的掼盆声从哗哗啦啦的风雨声中冲杀出来,隐退回去,最后淹没在天庭大怒的声的世界中。咔,咔咔,想楼下的大树被拦腰刮断;轰,嘭嘭,定是楼房轰然垮塌。电视上那汶川地震楼房垮塌的场面此时又在目前,他看见碎石瓦砾中伸出来的手。狮子的撕咬还在继续,有狼发出长长的哀嚎,一只的,两只的,一百只的,成千上万只的,和咔啦咔啦的分辨不出是什么发出来的声响杂沓在一起,巨大的,震撼的,摧毁的,粉碎的,使人悚然的,世界末日之声。那画皮的脸在他面前闪来闪去,那吃人的兽正对着他大张着血盆大口。"爸啊!"孩子蜷做一团。

又一个闪,如是电线在屋内短路,发出白炽的电光,接着一颗手榴弹爆炸,正在头上:轰!孩子被震得直着腰坐起,哭了。轰!轰隆!

韩其心是追着台风的尾巴回来的,他担心他的儿。出差在省城听得预报台风后,他就往家里给坤坤打电话,让坤坤去跟妈妈住夜,坤坤不高兴地答应了。挂了电话,他担心坤坤不听话,又给文芳打电话,可是文芳的手机无法接通,往月牙楼打,没人接。他急着要见他的儿,现在。

回到家,坤坤在,没去上学,没去就没去,幸而没出什么事,他放了心。但是,这孩子不大讲话了,吃午饭的时候,还把双手交叉在胸前,瑟瑟地抖,孩子显然是吓着了,他感到了问题的严重。到医院一诊,说是惊吓过度,过几天就好,但嘱以后不要再让吓着。

几天出差,世界全变了。文芳不在家,也不在店,电话又联系不上,据说在娘家。娘家出什么事儿了?——几天都在娘家!

海鲜店这边生意出奇的冷淡,偌大的餐厅没几桌客,收银员闲散地走出柜台,厨师、杂役坐到餐桌前歇着,服务员扎堆在那儿讲话。韩其心指挥人们各就各位。晚八点,最后一桌客散了,竟没有再来客,往常十点多都不定能散完客,今儿究竟怎么了?问服务员,服务员说这几天都这样。八点半,服务员把餐厅清理干净,然后所有工作人员扎成一堆一堆在餐厅里叽里呱啦——虽然没客,可下班时间没到,他们就不能下班。

"那个王八秃子没来嘞!"一个服务员说。

"谁说不是,好几天都没见着人了。"另一个服务员应。韩其心在靠墙的曲尺柜台下面盘腿数钱,隔着柜台,人们没有看到他,这样,他能很真切地听到人们的议论。

"咳,你说这是咋回事儿?那么些官老爷们咋一下就没影儿了,一桌一桌的?"是一个厨子的声音。

"嘘!不知道就别张扬。"收银员说得很悄声。

"哎哎,你知道?"

"嘘!老板的爸倒台了。"收银员打喳喳。

"老板的爸当官?"

"大着嘞,局长!"

"诶诶,别扯远,这跟老板的爸当官不当官有什么关系?"

"孩子话,不当官能有那么多官老爷来这里吃喝吗?去,一边去!"

"喂喂,听说她爸被抓了。"一张嘴插进来。

第六章 暴穷 157

"是吗?"几个人的声音。

"谁说不是,她爸一被抓,一百来个官都投案,这事儿都满城风雨了。"

"一根绳上的蚂蚱。可是怎么那么多?"

"就是!现在反腐倡廉,政府是真下决心了,一个都跑不了。"

"屁话!那么多官都腐,你反得过来吗?"

"谁说反不过来,腐一个抓一个,看你还敢不敢!不是?现在一个一个投案了,乖乖的。你腐你能不吓出屁来?谁能够抗得过政府去!"

"哎呀呀,你别幼稚了,反腐的人指不定屁股还比人家不干净呢!"

"你这是什么话!……"

韩其心从柜台中走出来,人们止了争论。

第二节 卖车卖楼

"你爹他不会有事儿!蔡副市长是这么说的。"文芳妈这话像是说给文芳听的,又像是说给来慰问而不知怎么慰问、只默哀式的坐满客厅的"哀痛者"们听的,这使满座的哀痛者更其愿意将自己的前程跟局长的前程联系在一起。

"不是只叫去问话吗?快就会回来的。"沉默半晌,终于有人安慰这么一句。

文芳妈吩咐给客人沏茶,声音有些涩,她感到腿脚没力,担心给人上茶时一个闪忽,失了官太太的官态,所以只吩咐人。事实上，问话不会从昨天问到今天，现在还没信儿是双规了，懂点儿法律知识的人都知道。

文芳妈比谁都知道丈夫的处境，但是，她不能倒下，她得发号施令。女儿便是在她的号令下，从双规开始，一直忙着救父。可托了多少关系都不知道父亲在哪儿。父亲是不倒的红旗，人家告了多少回都没倒过，他是经过大风大浪的人啊！想当年，一个副的跟他争正的，那副的唆使有关人等告他，那是条条款款，有凭有据啊，上面来人查了，满城的人都以为他要倒了，可是查了个把月，最后怎么着？什么事儿也没有。因为这场风波，他还跟纪检书记、市长、市委书记闹亲密了，你说他还能怕谁？只是，这次是有些不同，他双规了，自己不能弄了，得她们母女来弄。母女究竟不是官场中人，另外，中纪委派了专案组，不大好弄。但是，母女都相信，这世上没有钱弄不通的事儿！

托人办事，钱是省不得的，虽然破的是小钱，母女俩但愿能使大钱，可如今是连个使大钱的地儿也没有啊！公安局、法院、检察院、纪检委到处都是她爹的关系，以前谁见她都打哈哈，夸她这夸她那，问她喜欢什么，然后下次就记得给她什么，一个一个比她亲爹还亲。如今她像遭了瘟，人家唯恐避之而不及——她连打探个消息都没门。蔡副市长那面干脆的不接母亲的机了，他可是父亲的铁杆哥儿们啊！

这么无头苍蝇一样乱转，父亲刑拘了。马上有一群"红卫兵"闯进家门，不顾她们母女的哭闹，强令母亲打开保险柜，然后把存折统统抄走。里面有十来个存折：人民币、港币、美元的存折。

"那是你爹一生的心血啊！"母亲声泪俱下。

过没几天,又一拨"红卫兵"闯来,端来个黄金探测仪贴在楼梯扶手处呜呜地叫,然后用电锯将不锈钢管的扶手滋滋锯开,不由分说。锯开后伸手往管里掏,掏来掏去掏出几块金条,金光闪闪,官太太不看则已,一看呆了,等来人带走金条后却嚎啕大哭:"你个没良心的,藏了那么多宝贝连我都瞒!"

文芳那面是脚不点地,一天到晚跑折了腿,好不容易打通一个机关,知道父亲的刑拘处,可是到了那里,才知道戒备如此森严,两个门卫背着长枪挨着门边塑像一样的伫着,门是关着的,铁的,外加一把提包型大锁,围墙有三四人高,鸟都飞不过去。文芳等了半天没一个活人从这里进出,招手叫两个卫兵过来,想给他们打点些银两,不料这两个还真是塑像,连动都没动一下。文芳招几次手后生了气:活死人啊!这话她没出口,毕竟现在天地倒转,人不得势了,什么都得忍着点儿,她无功而返——后来知道其实她爸没有关押在这儿。

回到娘家,母亲哭得一塌糊涂,才知道娘家已经一无所有,原来埋在母亲开的鱼塘边的两米深的地里的700万元人民币已经连保险柜一齐被"红卫兵"挖走,那是只有母亲和父亲才知道的一份财产。

"哇!女儿啊,你别为他跑了,他什么都供出来了,他为了保自个儿的命,要戴罪立功,连咱们的死活都不管不顾了,哇,呜哇……"母亲四脚趴地,边哭边捶着地,大失官态。

一缕夕阳从阳台偷偷爬进来,一声不响地看着客厅里抱头痛哭的母女俩。后来,文芳买给老公的那辆小车也被没收了去,说钱是她爸给的。

这么一来，钱财两空了。可是，能全怪老头子吗？老伴究竟是老伴，爹究竟是爹，打断骨头连着筋，没了老伴没了爹，钱还值什么用？这么一想，什么都通了，不怨了。只要命在，一切还可以从头再来，可是在这个世界，在官场世界，翻了船还有再来的机会吗？罢了罢了，不当官也罢，只要一家人能在一起，吃什么都甜，做什么都舒心，谁说小小老百姓就不快活呢！

"老头子在里面定是熬不住了，也不知遭了多少活罪啊！"文芳妈想到这儿，心里一阵难过，刚刚收起的眼泪又要下来。文芳心里也酸酸的，吸着鼻气，六神无主："可怎么好，可怎么好？""钱，使钱！"文芳妈的脸忽而回复了坚毅，那点儿斩钉截铁的精神又回来。可是，她实在拿不出一分钱了，便只是流泪，后来想到卖楼。"可是卖了这宅楼你住哪儿？"做女儿的问。"要不，卖我们家的吧。"韩其心这些天也来加入这大悲大痛，他的话让母女俩噎了好一阵。

文家门庭若市的时候，女婿很少来，如今门可罗雀，他来得倒勤了，患难之处见真情啊。以前是真对不起这女婿，老头子官那么大也没给他提拔提拔，如今文家落难，当初帮的那么多人都躲得远远的，倒是女婿不嫌不弃，还肯为她想办法，他的话不管是真是假，都让她头涔涔而泪潸潸了。

"那怎么行呢？楼房新盖成，还没怎么住啊！"做丈母娘的说。

"没什么不行，只要能救爸！"女儿也表了态。

于是卖楼，连她开的那辆小车一并卖。等到韩父韩母知道的时候，两个老人几乎要喝敌敌畏。

崭新的月牙楼造价六十来万，兜售出去却不足五十万；她九万余的小车开不过几个月,还没过磨合期,兜售出去却不到六万。文芳拿着这笔钱,心里没法不心疼。爹是不能不判刑了,可能是死刑,弄得好,也许能判个一二十年,然后将来进了大牢再争取减刑……这么想着,她来到了省城。

法院的院长她不认识,是托了关系才进的人家的门槛,可人家一见面就摇头,直摇头,完全没有要帮的意思,她的钱要给,给不出去。法院的副院长却没让她失望,见了面就乐呵呵的:"这个,这个是——"

"文金鸿是我爸爸。"文芳自我介绍,人家马上就知道她的来意。

"难,"副院长说,"不过也不是没有办法。"

"法外有情,只要能判个十年。"她要求。

"二十年呢?"

"我相信副院长的能力。"指指提来的一箱钱。

"这个嘛——"副院长说,"这个嘛——"搓着手,"当然,文金鸿同志是个好同志,只是一时糊涂走了邪路,"仰在沙发上,右手食指在沙发扶手上一下一下地点着,"走上这条路后他也很悔恨,啊,很悔恨,还、还戴罪立了功。"正坐回来看着她,"你说是吧?"

"是,是!太是了!"她说,学了她爹的话。

要走的时候,副院长把她送到门口,她让别送了,副院长说:"这、这个——"

终审很出乎意料,她爹被判无期徒刑。她娘哭成了泪人。她昏头昏脑的闯进副院长的家门,人家见她来势汹汹,便好言好语劝慰她,说是本来已经跟本院有关领导打了招呼,"这个——,该给的都给了,这、这个——",这个这个之后又说自己不怕为此丢官,无奈中纪委的来人对此案盯得太紧,查得太细,他也是心有余而力不足,只能秉公而办……但他已经安排狱官狱卒"好生伺候"她的爸,说是以后可以争取多一些钱来探亲的机会,说是她送到狱里的衣物会在最短时间内转给他的爸,比别人都快。"这个,其实我也很同情你爸。"副院长说。她听了有泪都出不来。

父亲竟没逃脱一辈子的牢狱之苦。可怜她那崭新的月牙楼,崭新的小轿车,还有,她那倏忽间老了十年的母亲!

第三节　海鲜店倒闭

文芳爸宣判后,文芳妈就闭门不出,两层宅楼成了老头子留给她的唯一财产。这么些日子两层宅楼显得出奇的冷清,文芳妈常常梦魇,文芳于是搬回来跟母亲住,而后韩其心和坤坤也搬来住下。

一天,久经空冷的客厅忽而来了一个客,却是王八秃子,是为讨钱来,说是某年某月某日在她女儿的某某鞋店让她看一个钱包,里面有两万块钱,让还给他云云。真是落井下石!她不听这话则已,一听涕泗横流,骂他个狗血喷头。你道这王八秃子怎么了?是文芳爸案件的涉案人员,下官了,可是没免职,只是不当差,光领工资和瞎逛,曰:内退。内退以后,没赚钱的事儿就不干,有赚钱的事儿就乱干。这王八秃子乱干乱到这里来了,不料真是自讨其辱,他当然骂不过文芳妈的。文芳妈先前是官太太,官太太干什么吃的?治官大人吃的,文芳爸就被她治得服服帖帖。那是几年前的事了，文芳爸自以为官大了，谁也治不了了，谁知包个二奶也被她的眼线发现，官太太得报后却不着急，叫眼线偷拍下他二人在一起的色情照片，然后雇打手将那二奶修理一顿，回头把照片一股脑儿抛到他面前，问是要拿去见官还是把它烧了。这么一治，官大人从此对她服服帖帖。如今她不是官太太了，却是前官太太，前官太太治个前官那叫绰绰有余，王八秃子于是从客厅中败退出来，还好他退得快，否则一把鼻涕要甩在他脸上。出到院子，前官太太却没跟出来，王八秃子见左右没人，便一把火烧了院里面的文芳妈的一辆女式摩托车走人。

前官太太过惯了从前的生活，如今日子要过不下去，她把身上唯一值钱的一枚金戒指也卖了，可是花没几天就完了，回头眼巴巴地望着女儿。

唯一的希望是女儿的海鲜店，可是那里的生意仍然一蹶不振，仍然经营惨淡，原官太太看着着急，女儿不仅仅着急。

由盈而亏的节骨上，文芳小减了工作人员的工资，谁知这么一来，服务员跑了大半，两个厨师一个不剩的也跑了，她只能又聘厨师，采取减员不减资的办法。这样一月两月，厨师、服务员、勤杂工越减越少，甚至收银员也不要了——钱自己来收，可还是难以支撑。这年头生意不好做，客人稀稀拉拉，点的又少又计较，跟这样的客人打交道真的很没意思，可又不能不给他们赔笑脸。都怪城里新起了几家海鲜店，竞争太激烈，客人们便牛，挑三拣四，说这道那，一个不如意就走人，就不回头，她可是团团转，被害很惨。有客人说厨师做的菜不好吃，她便解聘厨师，不惜高薪另请高明，可是请来请去，客人也不见多。有客人说她进的龟种不纯，可哪家海鲜店不都这么进货？依她看，似此客人乃是鸡蛋里挑骨头，存心不给她掏钱。

别人家的海鲜店生意又如何呢？移步过去瞅瞅，好些店办得比她当初的还红火。她就想不明白了，这到底是怎么了？她的经营有什么问题？思来想去，觉得人家是嫌贵，消费不起。于是她一咬牙，把价格下拉，比哪家的海鲜店都便宜，只赚些薄利，谁知这样一来，客没加多少，亏空更大。

文记海鲜店一路亏空，越亏越大，致使资金运作不灵，海鲜的种类因而不全，数量不够，同种海鲜个儿大个儿小没多样参差，于是客就更其少，越做越糟，很不景气，至于店内工作人员的工资也拖欠了两个月。文芳四处举债，每天到夜才拖着疲累的身体回来。韩其心是一句声都不敢吭，他真的心疼他的妻子。做母亲的忍不住叨几句，但是，女儿不让叨，一回来就把自己锁在房里。

"借不出钱了，你把你的工资卡用来抵押贷款，把工人们的工资付清了吧！"一天，文芳用手支着头有气没力地对他说。

"可是……"

"可什么是？干吗可是？去去！去办！"她忽而暴躁起来。

于是，不"可是"了。

遇事就"可是"，她一听气就炸，是男士还是"可是"？哼！要是她身边有个男士而不是"可是"帮衬，她的海鲜店至于落到今天这步田地吗？可是可是，她可是真要疯了。

她哭了，哭得很伤心，他在旁边陪着小心。她最近总爱歇斯底里，出了那么多的事，发生了那么多的变故，她真的要崩溃了。他理解她的心情。她扑在他的怀里，一任泪水落在他的肩头。以前他越理解她,她就越烦他,觉得他不够硬气不够男人,现在她忽然觉得这个她厌过烦过看不起过的男人是一面把冰川融化的静海。她真的需要一个靠岸的港湾,一个泄洪的缺口,而夫就是她最好的港湾,最好的缺口。

"可什么是嘛!"她说,吸着鼻气抹一把泪。

"不可是了,不可是了,啊!"

"还有什么可是的,还有什么可是……"她泪如雨下。

他静静地听着,一下一下的轻轻的抚着拍着她的背,像哄着一个大孩子。

她累了,不再去想那么多生意上的事儿,不再去计较那盈那亏,万般皆空,她趴在他的肩上昏昏呼呼,她的希望破灭了,她从飘在空中的气球上掉下来,掉到大海里,她不会游泳,她惊呼救命,可是没有人救她,这时有一块浮木漂过来,她抓住这块浮木。浮木温温的,她隐隐约约听到浮木说,明天我就去贷。然后就什么也听不到了。他小心翼翼地把她抱上床。她倒在床上呼呼睡去,这一睡就是一整天。

红极一时的文记海鲜店就这样倒闭了,两个工人拿铁锤在上面叮叮当当地敲,那是敲的店的招牌。

这一天,文芳没病,人却像大病一样,不吃不喝。韩其心的工资卡已经抵押出去,贷得的两万块钱还不够支付员工的工资,前面欠下的债没法还清。

第四节　逼债上门（1）

月光清冷，秋风萧瑟，有寒星在空中闪着怪眼。城里的一切像隔了一层薄薄的黑纱，朦胧在夜色中。俯窗而望，一条笔直的小巷，出没在楼宇间，充满了不可测的黑黢，有黑影在那里穿梭，使人想起那鬼似的"尾巴"；沙沙的声音远远近近：是顶着暮色的树梢在风中摇曳；周围的楼宇没有几窗灯火，黑洞洞的，一个个如是对着自己的枪口。她忽而有些害怕，离开卧房的窗口，坐到床沿。隔房响起了喀喀的咳嗽声，是母亲，感冒了。

生活真逼人啊，母亲不得不把宅楼租赁出去，回来跟她住在一起。父亲在牢里怎么样？他冷吗？谁给他添衣服……

"咚咚咚咚。"忽然响起急促的敲门声，在外面，套房大门。

"来了来了。"客厅里的丈夫喊着去开门。

她仍坐在卧房，不动，心却提起来，耳朵往外伸。这年头来人登门总没好事儿，她的手机早关了。

"你老婆呢？"来人嚷，果然是冲她来的。

"她、她……"丈夫嗫嚅着。她听到鱼贯而入的脚步声。

"文芳！"直喊其名。她没应，从声音已知是谁。

"咳咳，"母亲从偏房咳着出来，"叫什么？蝎子咬你啊？叫，叫！喀喀，她——她不在！"

"不在没关系，电视在也行。欠债不还，她躲得过初一躲不过十五。"高声嚷，"来啊，把这部电视搬出去。"

"你、你打劫啊？"丈夫大概拦住了人家。

第六章　暴穷　167

"闪开!"有一阵拉扯声。

"你敢?!"母亲的喝声。

"朋友们,别理她。"

"电视是我的,不是我女儿的,我看谁敢搬!"

"嘿嘿,你当我是傻子啊?这家主人欠我的钱,我搬的是这家主人的东西,你们这些无关人,谁敢挡道,我就对谁不客气。"一阵推搡声,撕扯声。

"王人责!"一声断喝,人们住了手,不约而同地扭头向着同一个方向,文芳出来了。

"嘿嘿,出来了。是你耍赖,休怪我无情。"

"谁耍赖?昨天不是跟你说好了吗?你那点儿钱算什么?百万千万我都不在话下,你倒来跟我耍横?"人们一下给镇住了,文芳把口气放缓和了些,"我只是一时周转不过来,缓几天再还你,你是想说话不算话?"

"可是你也说话不算话,借期早过。"嗫嚅着。

"王人责!"

"这、这……"面有难色。

"你叫这么多人来算怎么回事?"大声斥责。

"我、我……"王人责语塞了。

"王老板,她已经是拔了毛的鸡,飞不起来了。"有人在一旁对他嘀咕。

"对对对,都破落户了你,你、你还发什么威?欠债还钱,天经地义。"王老板忽而恍悟过来似的,露出鄙夷的神色,手一挥,"搬!"

"慢着!"文芳吼。

"给我搬。回头你还了钱再把你的东西赎回。"

"你敢?"文芳妈喝。

"搬!"嚎。

于是来人七手八脚搬起来。文芳妈欲阻止而被推撞在墙上,然后跌到地上就地骂,骂着骂着又奋力的要扑上去;文芳掼了一跤,就在沙发边上,两只手撑着地面要起来而起不来,手掌掼得生疼,人已泪流满面,但是顾不得抹泪,要跟人拼命;韩其心被两个彪形大汉按在沙发上,挣着,可是挣不动;坤坤站在一边哭,边哭边用手背抹着泪,没有人理他。一时间,搬动声,拉扯声,拖拽声,呐喊声,推掼声,哭啼声,万声齐发,如是一个一个的炸药包点燃了导火线,嗞嗞的冒着烟,要把小小的客厅引爆。一场打劫正在进行。

"你们这帮强盗!"文芳妈骂。

"我要报警!"文芳喊。

"你报啊!文老板,文大老板,你还是威风八面的文老板吗?谁还听你的?"

"哈哈哈!"一群狰狞的面孔,一通可怕的怪笑。

七邻八舍过来了,站在门外,袖着手,一声不吭地旁观着;一部液晶电视从他们面前搬出,接着是一部崭新的手提电脑。

"强盗啊!"文芳对着汹汹而去的人群的背影,喊出带泪的一声,同时伸出无助的右手,然后无望地倒在墙角。

韩其心因为用口去咬人,被人打翻在地,眼圈和腮帮青一片肿一片。

好心的邻舍马上进到韩家安慰这个安慰那个。坤坤止不下哭,他的手瑟瑟地抖。他父亲一面哄着他,一面为他抹泪。文芳妈和文芳抹干了自己脸上的泪,无力地回到各自的房里发呆。邻居们这边一伙那边一群地说劝,夹杂着对那帮强盗的谩骂。于这谩骂声中,韩其心意外地发现一双双幸灾乐祸的眼睛。

邻居们走后,夜恢复了它的宁静,整个世界停止了呼吸。

第五节 逼债上门(2)

韩家。

文芳不在,韩其心不在,文芳妈在厨房里炒菜,坤坤在书房那部固定电脑上上网。咚咚咚,一阵急促的敲门后,闯进来一拨不速之客。跟上一拨的不同,领头的不知叫什么名字,戴着墨镜,胡子拉碴,下唇崩了一块,很能让人想起电影片中的土匪。土匪们一进门一阵呼哇,也不顾主人欢不欢迎,只顾满房里乱窜乱骂。文芳妈要拦住他们,"滚开!"只有在土匪片中才会听到这样的声音。话音未落,文芳妈早被推出丈把远。书房这边已开抢了,只见一只脚忽地飞起,踹在坤坤的座椅上,扑通,坤坤连人带椅翻倒在一米开外的地上。孩子摔得站不起身,哭了。他外婆冲过来,被两巴掌掴倒在地,鲜血从嘴角上流出。电脑没有关机,电源横是拔出,主机、显示屏在两个高大的土匪怀里显得无足轻重。孩子缩在墙的一角嘤嘤地哭,两只手抖得厉害。外婆见挡不住来人,爬着过来,拉着她外孙的手,老泪横流。来人见房里不再有值钱的东西,愤愤地骂,然后连客厅里的一张短沙发也抬走。走到门口才留个姓名。外婆昏厥在地，一股来自厨房的菜的焦臭弥散在韩家屋里的每一个角落，并毫无顾忌的浓化着，恶意的攻击着人的鼻官感觉。

韩其心回来，喊他的儿，他的儿不应，文芳跟着也回来，喊她的儿，她的儿也不应；一齐喊，才如梦方醒似的应了，然后话也不说，一个人坐在沙发上发愣，有时还会颤抖。韩其心知道上次的毛病又犯了，要送去医院，文芳一把把儿搂在怀里，一面哭，一面喊着：我要告他们，我要告他们，这帮强盗！

孩子病了，感冒，然后是重感冒，连连噩梦，愈病愈重。医生给安排住院，吊点滴。吊了两天，病情开始好转，可是夜夜噩梦惊醒的情况丝毫没有改变，医生说是惊吓过度所致，建议出院后做心理治疗。可是孩子这次住院的千把块钱还是做父亲的从几个同事那里一点一点借凑的，做心理治疗得上省城医院，他们哪儿有这个钱？文芳是真没办法，无力地偎在夫的怀里，牵着儿的手，伤心欲绝，泪流不止。

"谁说不是命？命啊！"泪如雨下。

韩其心搂着妻，闭着眼，一股酸酸的东西在心底泛滥、上涌，他再也控制不住自己，一串晶亮晶亮的珠子从闭着的左眼拱出，挂下嘴角，咸咸的。右眼也拱出一串，离开颧骨处就成线地下坠。

家里还有病着的丈母娘啊，他得抹干眼泪，分开回去照顾丈母娘。

"谁说不是命？"他也这么想。

孩子出院了，可半夜就要跳起，噩梦啊。跳起以后，手抖，牙关颤，整个人紧张兮兮的，得有醒着的大人安慰，情绪才慢慢下来，于是夫妻都守夜。文芳的身子骨太弱，守不太夜，自己便倒头

第六章　暴穷　171

睡去，然后有时也会梦魇。韩其心是"坚守岗位"，眼睛一眨不眨，几天下来，他熬得不成人形，憔悴，昏沉，迷糊，整个人要崩溃。文芳看着他，他的额，他的眼，他的眼眶，他的颊，他的下巴，然后不忍再看了，就闭一下眼，伸出虚弱的手，摩挲着他那嶙峋的指节：这是夫的指吗？摩着摩着，整一个，成了泪人！

她有些爱犯晕起来，迷糊中需丈夫牵一下手才好定神，他便很小心地看护她，时不时把她的手拿在自己的手心里。他有时也会打盹，一盹过来手就神经质地握回，看看她的手还在自己的手心里不。债务的事儿他劝她别想那么多，说车到山前必有路，说现在他的工资涨了，等工资抵押贷的款扣还完，他总能把一切的债还清，把劫去的电脑赎回。她听着惨然一笑，扑在他的怀里泪又来。

孩子、老婆、丈母娘都要他照顾，日子一久，确实感到一力难撑，他吃不消了，有时走在路上感觉都要困倒。身子究竟不是铁打的，晚上不睡，白天得空便睡，一睡就过去，容易起不来床，误掉下午的班。文芳白天不睡，让他安心睡，说到点准催醒他，可是看着到了点她又不知所措，他可是叮了又嘱让催醒的。班不能不上，他的工资可是家里唯一的经济来源啊，可他如此羸顿，看着那呼呼的渴睡相，她宁愿不要钱了。这样误了几次点，韩其心用起了闹钟。

他一天两睡，午饭后一次，晚饭后又一次，统共起来仍不过四个小时，所以往往睡得很死。可是，就在这统共不足四小时的一次睡眠里，他做了一个梦：他看见一座废墟，上面一枝鲜美的花含珠盛开。

第六节 为儿治病

人间的道士有千千万，方丈怕是其中道行最高者。文芳不知得了哪路高仙的指引，求得一位自称是方丈的来作法。那方丈法衣加身，头戴莲花冠，腰间佩剑，凛凛然一副通天除邪的丘处机再世相。

"丘处机"法眼穿心，一眼就看破坤坤中了邪，邪气乃是颇难对付的山中千年狐狸精所化，于是嗡嗡哞哞开始作法。

坤坤打坐当中，令不能动，面前搁一瓷盆，盆内有画好的符箓数个，揉成数团。受过三坛大戒的"丘处机"于坤坤和瓷盆边团团围舞，口念"福生无量天尊，福生无量天尊……"，然后站稳脚跟，运动体内二昧真火，照盆口"哈！"的一击，那盆中符箓便"嘭"的一声着火了。孩子吓得惊叫一声，"丘处机"却不着急，从盆中捡起一团火，在两手中左右抛接把玩，"福生无量天尊，福生无量天尊……"然后仰头张口，把那团火投入口中，那火却未熄灭，呼呼从口中冒出火苗，那袅袅之烟便从火苗之上腾腾而去。正在旁边观法之文芳母女吓出冷汗之时，忽而噗的一声，那火吐了出来，不偏不倚落在盆内。坤坤的脸色早白石灰般，两手交叉在胸前拼命地抖。待盆中之火燃尽熄灭，只听"丘处机"大叫一声："大胆狐狸精，你的藏身之窝已然烧尽，还往哪里跑？"话未说完佩剑早已铮铮拔出，虎视眈眈地对着孩子。孩子瞳孔放大，仰面双手后叉，"啊"不出声。他的母亲、外婆赶紧过来。"哪里跑？"方丈一剑斩断了母女的去路，孩子扑躲到另一边，正没爬起，又一剑过来，孩子慌忙又闪，这一闪，一手叉上了盆沿，咣当咣当，瓷盆翘起翻倒，符箓灰烬撒飞一地。孩子哪里顾得这些，瞠目结舌地盯着亮光闪闪的剑，有时又发出急促的"救命"声。那剑却招招逼来，在眼前、在鼻尖、在胸口，一指一戳，说时迟，那时快，只听"当!"的一声脆响，佩剑戳在孩子面前的地上。在母女的惊叫声中，孩子惊心破胆地爬起来逃窜，"丘处机"哪里肯罢手，挥舞着白闪闪的剑追将过来，母女急叫："好了好了，饶了孩子吧。""求您饶了孩子吧。""丘处机"正在法兴上，哪里肯听，只顾"哪里跑，哪里跑"地喊着追着舞着。从厅到房到厅，孩子逃，方丈追，文芳母女跟，形成一个龙蛇阵。韩家热闹了。文芳伸手抓到方丈法衣的下摆，但是没有扯住。扑通，孩子在前面摔跤了。方丈两步赶过去，一脚踩住孩子的大腿，铮！一剑刺将下去，在地上，继而回剑做开挖动作："我挖出你的肝！哈哈，死了吧？好你个狐狸精!"然后才收了佩剑，放开孩子。文芳已经昏厥。

自此，孩子痴痴迷迷，每天夜不成觉，刚睡着一忽儿就要被噩梦搅醒。文芳以为既是狐精已除，孩子的病况不日就会好转，不料日复一日，情况反而越来越糟。看着孩子面黄肌瘦、无精打采、魂不守舍的样子，韩其心忍不住破口骂道士，骂妻。文芳无言。等夫骂完，才过去偎着他，温柔地牵起他的手轻轻地搓着那嶙峋的指骨落泪。韩其心发泄一通之后，禁不住搂她在怀里：都因为没钱上省医院治儿的病，她才请来这种装鬼弄神的东西啊！

无论如何得治好儿子，他舍脸向单位申请借几千，可是领导说单位没钱。要说这领导也是上任不久，为官前他开过当铺，兼放些高利贷，所以对于把钱借出去然后收回来时一分利都没有很觉得不可思议。"没有!"领导说。

不到万不得已,谁也不会向单位借,可是领导说没有,偌大的单位几千块钱也没有,领导说没有就没有,"每个月从工资里扣还,三个月还清。"也没有,说没有就没有,怎么说怎么没有,人家是领导啊。一个同事替他说了一句话,被领导骂了一通,副领导却就从旁的解释,说什么家大难撑,什么不当家不知柴米贵,领导不好当,要他理解理解,说得领导点头如啄米。他低头耷脑地回来了。

丈母娘并不以为中了邪非得上医院,她说道士降不下的妖,道姑定能降下,她有经验。此言一出,被女婿骂了个狗血喷头。丈母娘却没有被骂住,外孙也是她的心肝,她盘算着什么时候女婿上班最好是出差不在家时,自己请来道姑作法。但是,她没逮到这样的机会事情就有了转机。

那一天,有人送来了两万块钱,谁?老李。

"拿着吧,留孩子看病。"

"这——"不敢接。

"治病要紧,等将来有了钱再还我吧。"

"可是,可是你满身的病也没舍得钱治……"

"咳,老毛病了,不治也罢。"又把钱递过来。

"可是,可是也要不了这许多。"

"剩下的就还一些紧债吧!拿着拿着。"

韩其心把钱接了,两眼发红,说不出一句感激的话,透过蒙眬的泪光,他又看见废墟上那枝含珠的花;文芳也在旁边,她百感交集,禁不住回房抹泪;韩母给客人沏完茶,一个劲儿夸老李是好人,然后一磨身,进房牵出她的孙子,要孙子给老李叩头,孙子不肯,老李不让,外婆这时从另一间房咳着出来牵过外孙,于是两个老婆婆用千恩万谢替代了孩子的叩头。

第二天一早,韩其心要送孩子上省人民医院看病,丈母娘出来劝阻:

"我掷筊过了,今日不宜远行。"

"掷筊掷筊,你还嫌不够吗?"韩其心冒了火。

"哎呀,真是年轻人,可是,逆天行事可不得了啊!"丈母娘煞有介事。

"什么逆天行事?何当不给孩子治病才叫不逆天行事?"越说越上火。

"哎呀呀,你别生气,不是叫不治,我不是叫不治嘛,只是今日大不宜,另择个日子嘛!"丈母娘温和而耐心。

"别说了!"韩其心毅然决然,回头进房准备行李,却见文芳在房内,立着,拿着筊,双手合十参拜面前的一尊不知是从哪里弄来的巴掌大的塑像后,在香炉内的香上绕一圈,口中念念有词,然后往地上一掷,捡起,复一掷,又捡起,再一掷,忽然大叫起来:

"大宜,大宜。"

"什么大宜小宜?"

"今日远行,大宜。"

"不宜!"文芳妈说。

于是母女便论道,论来论去,小信徒终敌不过老信徒,归结是今日不宜远行。韩其心无可奈何地由着母女俩争辩,在你来我往的争辩声中,他牵出孩子要上路,文芳母女赶紧送出门口,千叮万嘱,让他们一路小心。

第七章 平平淡淡

第一节 一滴太阳

　　文芳做完早餐,走到阳台边,这时东边天吐了鱼肚白。文芳把早餐端起,揭开锅盖,一股热气冲天而上。家里人还没醒,让他们多睡一会儿,她让锅里的稀饭晾着,自己又到阳台边。此时,一抹霞光微红在天边,不远处有了零星的车行过的声音。她的手触到了一点冰凉,那是阳台面上的露湿,她抽回了手。还早,坤坤不能就起,早餐不能太凉,她又把锅口盖了个半严。

　　坤坤今天要考中考,八点开考,七点她得送孩子上学校,看看壁钟,还不到六点。孩子这些天上下学都由她送接,看着孩子日渐恢复的体色,希望又重新回到她心头。多亏了丈夫及时送孩子上了那趟省医院,医生说再晚就难了啊。孩子刚刚恢复正常睡眠,她不忍早一分催醒孩子;丈夫这些天忙死累活,看着他那睡沉沉的样子,她的泪要来,她是多么对不起她的丈夫!

　　回到阳台,那朝霞一抹一抹,变得桔红,然后那桔红淡去,一点一点的。近处有摩托的突突声,远处有汽车的嘟嘟声。她无意识地移了几步,视线收回,看到那盆茉莉,在阳台上,孤零零的,瘦兮兮的,那叶面皱着眉头,才想它好久都被冷落,好久都没人给浇水了。她打来一壶水,给它浇上,放好壶,又过来怜怜地看它。这是一株双瓣茉莉,那卵形的叶片已经瘦而稀疏,上面有一条条暴起的青筋,向主人诉说着它的苦屈。哦,有泪,在叶面上,细细的,点点的,在微光下耀着,想它已经哭过一夜,或者更多夜。它应该得到怜惜,应该的。它或者快要死了,叶片打着卷儿,翠绿的颜色在褪去,有一片还黄了,她用手轻轻一碰,掉了。生命是这般脆弱,她爱怜地捡起,把它拈在指间,对着晨光。上面有一个一个浑圆的小珠子,有几个滚动着,碰在一起,汇成一个大珠子,沿着叶的凹处,慢慢的,滚动着,闪烁着,然后在叶尖处悬着,欲坠未坠,愈悬愈大。她忽而发现这不是泪,它晶莹剔透,是珍珠,是霞,哦,是一滴太阳。

这滴太阳她认识。那是几年前的一个暑天,她带坤坤回娘家,走在路上,坤坤叫渴,她把口袋里仅有的一块钱掏出来买了一瓶矿泉水,孩子喝了半瓶,递半瓶给她,她不喝。"喝嘛!"孩子说。她摇头,说自己不渴。"喝吧,这样的天能不渴吗?"孩子说。其时,太阳火火地照着大地,地面上像要冒出烟来,人家的招牌、楼墙、路上的灯杆、路标牌全白全亮全闪眼,电锯声、汽车喇叭声,和各种声音混杂着,全燥全让人烦。街面上行人很少,如果口袋里多几块钱,谁也会去打的,不会遭这份罪,可那时她穷啊。每走一步都要淌出一身的汗,喉头却火烤一样的干裂,娘家的路本来不长,在这样的暑天里,却觉到比天还长。半瓶矿泉水拎在手里,她几次都忍不住要打开来喝一口,可是终于没有打开。孩子催了几次,她没喝。快到娘家时,她把那半瓶也递给了孩子,孩子一口喝干,要把瓶子扔掉时,她叫住了,让给她,说不要随便扔垃圾。孩子给了她,就在前面走,她在后面跟着,喘着,抹下一把一把的汗,然后她站下了,趁孩子不注意,拧开瓶盖,举起空瓶往嘴里倒。那瓶口有一点儿,不足以润唇,但是,她看见有一滴,晶亮晶亮的,从瓶底滚落,化在她发干的舌,直润进心田。那是一滴太阳啊。"喝"完,忽然发现孩子在跟前看着她,她有些尴尬,不知该说什么。"妈妈,"孩子跑过来牵着她的手,"等将来我赚到钱,一定买很多很多的矿泉水给你喝。"多懂事的孩子!她笑了。

后来她不是有钱了吗?后来她不是每天给他钱吗?可是他不要啊。有了钱,她跟孩子的感情反而疏远了,她跟丈夫的感情反而疏远了,难道真如夫所说的,钱是水泥,感情是玻璃,水泥是粘不住玻璃的?

茉莉叶上的太阳越攒越大,要坠下来,她把叶片平了平,那太阳便由叶尖挂到叶背,透明的,晶亮的,怀着霞光。

这滴太阳她认得。那时她住院,丈夫到处借不到钱,回到医院已经汗流浃背,他站在窗口面对窗外纳凉。那哪是纳凉,她知道他在隐藏自己的表情,他可能在流泪。躺在病床上,看着他汗湿的背,看着他鬓边的汗,她有些哽咽,急忙背过脸去。回脸再看,有一滴如汗如泪的珠状的东西挂在他的腮边,那是一滴太阳,它映放着窗外七彩的霞光。正是这滴太阳驱散了她心中的阴霾,照亮了黑暗的世界,使她坚定地认为她必定能挺得过去,必定能闯出一条属于自己的路。她果然挺过来了,她果然闯出了自己的事业,可是就在她的事业一步一步走向辉煌之时,她也曾让这滴太阳从心中遗落,在不知不觉中,在不知不觉中。

茉莉叶上那滴太阳滴了下来,正在她的脚趾上,她感到是滴在她的心里,她的心里忽而亮堂了,她深吸一口晨气,感觉浑身有

第七章 平平淡淡 179

了力。

细看那株茉莉,有叶腋抽出新梢,意外的发现啊。生命,这就是生命!她想。也许生命在,希望就在,生活并不像我们想象的那么可怕。

这时,周围已经明亮,太阳在远山探出了半个头,一看壁钟,七点了。文芳叫醒儿子起来洗漱吃早餐,然后送他去学校。

上学路上,坤坤小鸟一样一路跟母亲叽叽喳喳,他好像换了个人,活蹦乱跳的,叽里呱啦的,母亲一面提醒他注意来车,一面跟他拉呱儿,母子有拉呱不完的话。

第二节 重新打工

母亲三天两头病歪歪,抓药治病少不得,儿子刚从省医院化回一笔住院费,自己前阵子精神恍惚,丈夫没少给买好吃的,这么些开销,丈夫的工资撑不住啊。欠下的债不能不还,人家三天两头地逼债;五花八门的开销让人心疼,她样样都想省,可是怎么省都不见钱,单单靠丈夫的工资真的要过不下去,她想到了打工。

再打工,这是多么尴尬的选择,有谁愿意呢?自己先前是老板,这架子拿得起不好放得下啊,更要命的是年岁不轻了,三十出头了,人家还肯要吗?但是,母亲的药没了,她的口袋要空,仅剩的那点儿柴米钱怕撑不到月底,连儿子要买一支写字的笔都难匀出来钱。那一天,儿子问买一份学习资料,她窘得满脸通红,儿子见状,忙说不买了,她一把搂过懂事的儿子,紧紧的,紧紧的,脸子贴着儿的脸蛋蛋,心底泛出一阵阵的酸:家里好几天都没吃上肉了！她百结愁肠。到底肚皮比脸皮重要，她找工打去了。

"文大老板，打工去哩？"张嫂最能关心人，把个文大老板叫得比任何时候都响。文芳想回她一句，可是不知怎么回，仍走自己的路。

"文大老板好！文大老板好！"女人们一呼百应，过节似的喜庆。

"你们也好呀！"她驻足含讽。

"好个啥？咱们又不是老板。"四十好几的老好嫂子头戴红花。文芳知道不是她们的对手，加快了脚步。

"不是大老板吗？还打什么工？"后面的女人们没有饶过她。

"是大老板还是打工仔？"

"哈哈哈！"身后传来刺耳的哄笑。

想前些天她挨家挨店地找工，最后有一个工愿意给她，那是一个洗碗拖地的活计，工资很低，她全无不可地领了，出得门来，不期遇上了她原来海鲜店的一个服务员，她要回避，晚了，那服务员问她来这个店干啥？她支吾了，正好这个店里的一个员工出来，她的来意暴露了，那服务员很为她抱屈，说自己现在还在一家海鲜店干，说正好她们的海鲜店需要一位服务员，于是不由分说地给她们的老板打电话，老板由那头答应了，她于是不好意思地辞掉了才领到的拖地活计。

回海鲜店干服务员，无奈啊！如果不是为了多那几个贴补家用的钱，她宁愿干得脏点儿累点儿，也不愿这么丢人现眼！

丢人也许是一时的自己跟自己闹的别扭，无关乎人的，日子一长，人家才不在乎你先前是老板不老板，人家只认得现在。她渐渐也觉得只要自己活计干好，日子过得实在就比什么都强。谁知正是她以为可以这么"隐姓埋名"地干下去的时候，一件意想不到的事却让她干不下去了。

那天她当班的时候，一个女孩过来猛然掴了她两巴掌，骂她是骚货。后来知道那是本海鲜店古老板的千金。事情大约是这么出来的，两个月前的劳动节那天，古老板一个高兴，请文芳在内的几个服务员上羊庄吃涮羊肉，在羊庄却正逢老好嫂子一家，老好嫂子定是对她女儿嚼了舌，说文芳和古老板如此如此，因为那天以后文芳回到家，确实听到张嫂们古老板长古老板短的哩哩啰啰，还把她的名字扯在里面。老好嫂子的女儿却正好是古千金的大学同学，这么一来，她母亲嚼的那点舌就在一遍一遍的"我给你说我给你说，可是你不要说给你父亲听呵"中神秘兮兮地入了古千金的耳鼓。古千金得闻后大约是写了信让她父亲炒掉文芳的，只怪她父亲没有就着她的意思办，她一气之下，就从学校告假回来做下了上面的事儿。

当时文芳是一头雾水，等她略略地知道那是怎么一回事，也就知道无论如何，她干不下去了，她很快辞掉了这份工作，只身到海口另谋生路。

"你不宜上海口打工，我掷筊了，问仙了。"出发前母亲劝阻她。

她现在以为不能凡事掷筊，凡事问仙，"仙也有不可信的地方，也有错的时候。"丈夫说的。想想也是，凭什么她跟她爹遭此厄运，如果仙都不让人活，这样的仙还信干吗！她这回没有听仙的话，母亲很担心。

果然，到了海口没找着工，后来辗转到珠海。

韩其心由电话这头知道妻在珠海找着工了,是在一家宾馆当收银员。说是包吃包住,工资两千五,这样,每月寄回一千五留一千用度他就不太担心她的生活。他有时也劝她给自己多留点儿,债已渐还渐少,家里用不着担心,珠海那边没人照顾,自己照顾好自己的身体要紧;她总说花不完了,让不要为她担心。

看看春节要到,问她回不回过年,她说春节有好些员工要回老家,人手更紧,工资又是平日的三倍,不回了。一去就是一年多啊。韩其心禁不住思念,不日恰逢出差到海口,完差就从海口急不可待地赶往珠海,一到珠海妻的住处,眼前的一切不由让他惊呆了。那是怎样一个住处?贫民窟啊。一间巴掌大的瓦房内,左右挤着两张双层铁床,四人合租,妻睡左边一张的上铺,床面逼仄,刚可容下一人,在这样的床上睡,翻一下身都难。不是说包住吗?怎么回事儿?原来宾馆也有给员工租房在外面,但要从住者工资中每人每月扣还四百元租费,文芳嫌贵,就花一百五租到这里来了。巴掌房内靠窗处有张简易木桌,两层,上层一个旧的电饭煲,下层一套碗筷,桌边一个垃圾桶装满了各种快食面的包装袋和榨菜包装袋。才知道宾馆根本没包吃,这是妻的"厨房"。另三个铺位是仨姑娘的,她们来自农村,暂时还没找着工,可是人家也没这么吃,那可是难民才过的生活啊!

领他来的同乡走了,妻还没下班回来,他便跟仨姑娘唠嗑,才知道妻的工资其实刚刚两千。两千,然后一千五寄回家,一百五作房租,剩三百五,那么说她一个月才花三百五,这,这怎能不顿顿快食面或者榨菜下饭呢!

傍黑儿了,他到屋外,坐坐,站站,踱踱,时不时往路的那头

第七章 平平淡淡 183

张望，心里焦急起来。天空灰蒙蒙的，路灯已经亮起，这时，他的视线被一个影子抓住，在路的尽头，飘然而至，那是一个女人，迎面而来，奔的，奔着奔着忽然站下了，三十出头的样子，就在面前不远，那是他日夜思念的人吗？面色是那么苍白，人瘦了一圈，目光却灼灼，那长裙在风中飘舞。这是她吗？这不是她吗？时间在这一刻凝固了。也许，时间欺骗得了人们的眼睛，却永远欺骗不了人们的心。少时，她扑过来，他迎过去，他们张开了臂膀。他把她搂在怀里，紧紧的，他再也控制不住自己的感情，一任泪水滑落。他们许久都说不出一句话，眼泪代替了一切。末了，吃饭。他要她明天跟他回，工不干了，钱不要了，他说债已没多少，他的抵押出去贷款的工资卡也快"刑满释放"，工资已涨；他说他想她，儿要她。她泪光盈盈地点了头，然后又摇头，要求再干三个月，三个月！三个月满就回，准回。他把眼睛闭上了。

第三节　接手鞋店

　　三个月，文芳辞工回家，一家人久别重逢，悲喜交集。没多久，债还完，先前被人抢走的东西赎回，老公的工资卡也"刑满释放"，看看日子没那么紧巴了，可以不那么拼命了，但是，过没几个月，文芳就过不下去这种赋闲在家的生活，于是挣了几次，挣断丈夫的绳子，在八所找起工来。找了几次，终是无"工"而返，但有一个鞋店的转让信息吸引了她，谈了以后回来跟丈夫一商量，丈夫是死活不同意："贵不与骄期，而骄自至；富不与侈期，而侈自来，骄侈以行己，所以速亡。"这话儿她听不懂，丈夫解释给她听，她听完，便说自己不骄不侈就行，便说那鞋店是人家经营不下去才转让的，接手过来不致到贵到富的地步，挣到碗饭吃不错了，大可不必担心的。他终是经不起软磨硬泡，同意了。

不料一接手过来，鞋店还真就红火了。文芳做生意十分细心，她会比对各类鞋种之间、各种款式之间的微细差别，调查了解哪些鞋穿在脚上更舒服些，适时摸清所售鞋种的主要消费群落的市场心理和潮流，及时更新进货，她对市场的投放总是那么准，她对不同鞋种的价格定位总是能让自己获得最大利益。鞋店里的鞋一路畅销，很快急缺一个人手，她忙乎着要招个工，可是还没贴出招聘启事，张嫂就找上门来。

"老早就想过来唠嗑唠嗑，就是见你太忙，不敢叨扰。"张嫂的亲切是抹在嘴上的蜜，甜甜的。

"唉呀，邻里邻舍的，客气干吗？"递过来一杯开水，"坐，坐。俗话说无事不登三宝殿，张嫂来是有什么事吧？"

"那么说没事儿就不能过来坐坐喽？"接过开水，打趣地。

"能能能！张嫂说哪儿去了。"

"嗯，这才是我的妹子。妹子好啊，嗨，我早就说过我妹子好。咯咯咯咯。"越说越亲切，"妹子啊，你是不知道那老好嫂子心眼多坏，老在背地里讲你的这个那个，有一回，又见她古老板长古老板短的说道，我听得实在下不去，我不是急吗，就跟她翻了脸……"

"张嫂啊，有事儿你说吧。"文芳不爱听这些。

"嗳！我说我说。这么吧，我就不瞒你了，今儿个呀，我还真是有事儿。"喝了一口水，放下杯子，"妹子的鞋店不是办红火了吗？……哎呀，我一听说呀，甭提有多高兴了，咯咯咯，"拍一下

第七章　平平淡淡

掌,前仰后合着笑,"咯咯咯,我妹子能耐!咯咯咯咯……"

"谢谢张嫂,张嫂还是有事儿说事儿吧!"

"哎呀,瞧我,这一高兴,就把什么都给忘了。是这么个事儿——听说你鞋店短着个人手对不?"

"怎么了?"并不直接回答。

"我姐有个孩儿呀高中刚毕业,不是还没找着工吗?"停下来等文芳,文芳不说话,她自己继续,"妹子啊,姐姐我也是觉着你是自己人,好打招呼,就来跟妹子说一句声,我那外甥女也不计较钱多钱少,你看你的鞋店那边……"

"这么个事啊,我暂时也还没考虑,不过你这么一说,我倒可以考虑考虑,你看这样行不,过些天再给你答复。"文芳讲的是官话。

张嫂想知道"过些天"是几天,却见文芳已经站起,就千恩万谢地回去了,临出门,还不忘递过来一个皱褶巴巴的亲娘才有的笑。

事有凑巧,老好嫂子第二天便来,先夸文芳,而后说了一箩筐张嫂的长长短短,说张嫂年轻时候忒骚,姑娘家家的就下了个野种,后来为了好嫁人,就把那野种托付给她姐。那野种的亲爹后来犯了事儿下了大狱。现在这野种刚刚高中毕业,她亲娘正为她的工作愁心云云。文芳起先也不爱听人家的家长里短,后来见老好嫂子说得有眉有目,有头有尾,也就将信将疑。老好嫂子一节一节的说,文芳时不时插问一句,她越听越上瘾,越听越信,到最后是听得直起鸡皮疙瘩:这么说昨天张嫂想把她亲生女就是那野种那罪犯的女儿推荐到她鞋店来?这话儿她没好跟老好嫂子说,只在自个儿的心里转一圈。

其实老好嫂子并不知道昨天张嫂来过，更不知道张嫂有与她各为其女抢工的嫌疑，她只是惯常一坐下来就播放点儿新闻，不料这点儿新闻还真播放对地儿了。播完，狐狸尾巴露出来："咱那大学毕业的女儿眼下不是没找着工吗？一时没找着，是一时。大妹子，咱说你那鞋店缺工不？"却是为女儿找工来。文芳给了她同样的官话。

事实上，文芳并不想给她们什么答复，所谓答复，只不过是拒绝的话，但是，她打心里喜欢她们多跑一趟。让她们跑吧，跑折了她们的腿——最好能跑折她们的嘴——也不关自己的事！韩其心不懂女人心，看着张嫂老好嫂子往家跑了几次，心早软了，想鞋店本就缺着工，人家找上门来正是求之不得，还硬捂着个坛口卖什么关子！可是明明只缺一个人手，他不知道该给谁，所以也没吱声。

这一边张嫂老好嫂子毫无怕腿折的意思，那一边文芳却把眼睛放外面了，她想租下一家较大些的店把鞋店搬过去，回来跟丈夫商量，丈夫一百个不同意。她也没辙，不再多言。可是丈夫自己想想又答应了：这样可以了了张嫂老好嫂子的人情。作为条件交换，她不愿答应丈夫，让他换别个什么条件，什么条件都行。他便说远亲不如近邻的理，说搞好邻里关系的重要，说人要能包容别人体谅别人，和谐相处才是正理云云。文芳半懂不懂地点点头，可是她如何也不能让那野种那罪犯的女儿来当售货员，"谁知道那会出什么事？"她说。他便给她打包票。这样她便无可无不可地答应了。

鞋店一路走红，经营不断扩大，文老板又老板起来，连韩其心也备受人们的尊重，可是文芳不再心大，不再开连锁店，她凡事都问韩其心，韩其心不同意她就不干，同意才干。每天无论多忙，她都不耽误回来吃晚饭，不耽误晚饭后勾着夫的臂弯和夫一起散步。

白蛇娘子、牛郎织女这些故事又一遍遍地回到她的耳畔，她无限温柔地偎在他的肩头，任晚风撩起她的长发，任夕阳扮她成新娘。他的声音像涓涓的细流，汩汩地流进她的心田。那是一块久旱的土地，它需要这样的滋养。

第四节 偶遇

从八所城中心往西南行摩托不到十分钟，一座高耸的纪念碑便在目前。矗立的碑身赫然纵下一行镌刻喷漆大字：日军侵琼八所死难劳工纪念碑。这是日军侵琼虐杀劳工的"万人坑"遗址，一万八千个劳工的冤魂在这里悲泣。

1939年2月，日军兵分两路分别于10日和14日在海南岛北部的澄迈湾和南部的三亚湾登陆，开始了对海南岛将近七年的血腥统治和疯狂掠夺。

1940年3月，日军占领石碌，同年4月，日本的"石碌调查队"在石碌铜山附近发现了铁矿床。由于战争需要，开发铁矿床成了日本的优先国策，日本政府很快确定了以海军为主体的石碌铁矿开发计划，并迅速投入开采。为了便于把石碌铁矿源源不断地东运日本，1941年，奉行军国主义的日本帝国主义肆无忌惮地启动八所港工程，同时开始修建八所港连石碌、八所港连三亚的铁路，为此，日军从上海、香港、广州、澳门、台湾及海南岛强征和抓骗几万名劳工，并将上千名英国、加拿大、印度的战俘驱入劳役，疯狂践踏国际公约。史料记载，石碌铁矿开采进入主体工程时期，被抓骗的劳工共4万多人，仅八所港工程紧张时期，劳工就达2万多人。

在白晃晃的日军刺刀下，劳工住的是几十人挤在一起的"猪仔棚"，吃的是黑乎乎的难以果腹的饭团，穿的是水泥袋做成的衣服。每天天没亮就在皮鞭的驱使下出工，一出工就要干到天黑。上夜班的要从黄昏干到天亮。就是这样，还要遭受鞭抽脚踢，活埋砍头，刀刺手掐。加上霍乱、伤寒、痢疾等传染性疾病的蔓延，劳工成批成批地死去。

当时八所医院每天都有几个到几十个劳工死去。有些死在医院里的劳工，眼珠、鼻子被老鼠吃掉，有些伤口发炎化脓，皮肉溃烂发臭，甚至可以见到烂肉里的蛆虫蠕动。到1945年8月日本投降时止，八所港2万多名劳工只剩约2000人。死了的劳工开始时丢在柴草堆里火葬，后来死的人多了，连柴草都缺，就命令拉尸队在距离港口鱼鳞洲以南约1公里的沙丘上挖个大坑抛尸，然后给尸身铲撒一层薄沙了事儿。整个大坑埋满填平后，由于风雨泐蚀，浅面的尸骸裸露出来，成群的乌鸦在半空中盘旋、呱叫，然后俯冲下来争相啄食，其状惨不忍睹。这就是血腥熏天的"万人坑"。

如今，抚着石质的日军侵琼八所死难劳工纪念碑碑座，还可以听到一万八千个劳工的冤魂穿越六七十年时间的隧道在这里向他们的后世子孙悲泣，向阴沉沉的天空悲泣。

纪念碑往南沿石道行十余米，再闪着地上的仙人掌往左拐五米，一座约三十平方米的低矮平顶房就在面前，这是劳工监狱，中间一墙隔开，是为两间，只见狱门两两洞开，那也许是铁门的部分已被拆去,两扇狱门之上近房顶处各漏一个巴掌大的方洞,没有窗。想在那人挤人的狱里是难透口气见缕光的。墙体内外没有糊墙,红砖水泥砖斑露着,整座平顶房建筑陷在洼处,十分隐蔽,设计者大约是想隐去什么,可是,一批批劳工在这里所受的非人折磨隐去了吗?

从这座劳工监狱往南约五米处是另一座劳工监狱,规模跟这座一样,只是没有门,前后左右却对开几扇窗,西面的房顶已经破破烂烂而且漏出个大窟窿,那大窟窿与周围的地面齐平。那"犯事的"劳工怕是从这窟窿处投放下去的,这不正是直下地狱吗?日本人真能想象!这里又记下了多少劳工的屈辱和侵略者的罪恶呢?

返回纪念碑前,韩其心把一双眼都闭上了,文芳给冤魂们上了一炷香。夫妻本是来散心的,现在心情却阴沉沉。拜别祖先的冤魂,他们把摩托车锁好,向附近的一座小山走去。

这也是鱼鳞洲所在,清康熙把它划作海南风景名胜地。这里三面环海,一面连八所小城,北面不远是海南三大良港之一的濒临北部湾的八所港。北部湾的海水并不清澈,它直通浩瀚的南海,放眼望去,海面上白帆点点,北部湾的天空阴云密布,临西,越南隔海相望。

沿着海边走,脚下有时松软,有时又有些刺扎,原来这里一片细沙为滩,一片螺贝卵石为滩。大海咆哮着,看,惊涛卷起骇浪,奔涌着扑向岸边,拍打在岸边的礁石上,激起愤怒的飞沫,要把礁石击碎。韩其心似乎听到了千万个血泪控诉的声音,似乎听到了千万个呐喊的声音。回头瞻望,那座直插黑天的纪念碑就在不远。文芳有些心惊,拉着韩其心就往附近的山麓下躲。这是一座怪石重叠如鱼鳞的 30 丈独峰小山，古人唐之营游此留诗云："鱼鳞洲耸接云天，策枚登临别有天。怪石回环看不厌，奇峰重叠翠相连。泉流一井清如许，浪击千层势欲颠。海上仙山何处觅？分明此景是神仙。"可惜，随着 1941 年日军采石山炮的隆隆巨响，随着铁锤錾子的日叮夜当，随着一块一块的山石被搬运去建筑八所——石碌铁路和八所港防波堤，这座山越"轰"越秃，越凿越小，原来的灌木植被全被破坏，于是"翠相连"的景象作古了，小山也几被夷为平地。

　　鱼鳞洲流传着一个凄美的传说。从前，有一个汉族美丽女孩，与一个家贫如洗的壮实黎族青年相亲爱，女孩的父亲是一位将军，将军知道女儿的恋情后，羞怒不已，强令女儿不得再与青年见面，并派侍卫乱拳打出青年，横要拆散一对有情人。后见一双人还偷偷来往，不禁怒火焚心，一面把女儿软禁起来，一面派一彪官兵追杀青年。青年逃呀逃，幸而腿脚健逃得快才逃过追杀。不久，女孩的姐姐因病而亡，有人却误传是女孩忧愤成疾不治而亡。消息传到青年耳中，青年悲恸不已，但还是差人到女孩家探证真假，不幸差去的人被女孩的父亲逮住，威吓利诱之下，拿回来女孩的一块手绢称是女孩留给他的遗物，青年信以为真，攥绢悲呼，绝望中投海自尽了。再说女孩使计脱逃出来到处寻他，寻到海边，却见一双鞋子搁沙滩上，认得是他的，知道人已投海，便哭啊哭，"你在哪里啊？"泪水一滴滴地流入大海，流了一天一夜，到第二天天亮快要泪干的时候，龙王感动了，就把青年的尸体托出海面让她看上最后一眼。那是她朝思暮想千寻万觅的心上人吗？此时得见，却是一具尸身，她顿时肝肠寸断，谢过龙王后就投海殉情了。这时，狂风骤起，乌云铺天盖地，天地骤然变色，接着大雨倾盆而下，那是苍天为一对有情人垂下的泪啊。

海底世界感动了,鱼族不忍咬食他们的尸体,商量着合力把他们顶送上岸。在浩大的顶送工程中,海螺海贝主动加入其中,可是海螺海贝上得岸滩就再也下不去海里了;它们的后世子孙也为这真真爱情深深感染,有的实在按捺不住自己的追慕之情,就偷偷爬上岸来想看一看这对有情人。这就是我们今天看到的有点儿刺扎脚底的岸滩上的大量螺贝。再说黎族青年和美丽女孩被送上岸后,鱼们不忍让他们的尸体暴晒风蚀,便成群成群地跳到他们的尸身上用自己的身体把他们掩埋,天长日久,埋在他们身上的鱼越来越多,鱼们相继死去,化作一块一块鱼鳞状的怪石。怪石日叠月垒,年复一年,成了一座耸起的鱼鳞状的小山。鱼鳞洲因孤托鱼鳞状小山而得名。

听完这个故事,文芳潸然泪下,正想问夫为什么这么惨,迎面走来一个妇人,那妇人像怀着什么心事,从他们面前经过,并没有瞟人一眼,她的后面跟着一个十岁上下的小女孩。"这女人好面熟。"文芳说。韩其心没有应她,他感觉好像是雪静,可是又不像——太老,太憔悴。

那大概是母女俩,一前一后正转过那边山麓,那里已辟成求佛问签的圣地。腥风拂拂,文芳微有寒感,韩其心拥她入怀。"过那边走走吧。"文芳要求。她说的"那边"是求佛问签的圣地。"兴许那边风大,不要着了凉。"不乐意随她起来。"去嘛!"娇娇地拉他起身。他顺了她。举步之间,转过那边山麓。只见那妇人跪在一案香炉前,双手合十,闭目凝神。文芳过去上了一炷香,和她并排跪着,祈着。韩其心侧边站着。那妇人很见虔诚,脸子蜡黄,黯淡、枯干，没有一些生气，那应该是惨被风霜雪雨摧折的一朵败花。没准真是她！她、她……韩其心背过身去，踱开了。

那女孩一个人在海边，低着头沿着岸滩拾贝。韩其心拾到一个五颜六色的贝壳，便招呼她过来给她，她很高兴，跃跳起来，一脸稚气。问带她来的是不是她妈妈，她说是，又问她妈妈叫什么名字，说叫雪静，韩其心一听，还是禁不住吃了一吓。

"那么，你、你爸爸呢？"韩其心控制着情绪。

"我没有爸爸。"小女孩神情沮丧。

"傻孩子，你、你怎么会没有爸爸呢？"看着孩子的小脸。

"他不要我们了……"低了声。

"怎、怎么可能？——他，他干什么去了？"

"他——去跟一个阿姨结婚了。"小女孩哭了。

"好好，叔叔说了不该说的话了，啊！"安慰她，顿了一下，"那，那你有了新爸爸了吗？"

"我不要新爸爸，我妈妈说不要给我找新爸爸了。"

"好了好了，不要新爸爸，不要新爸爸，啊；叔叔不说了，不哭了啊！"替她抹泪。她不让，"我没哭，是沙子进了我的眼睛。"咬了下唇，用自己的衣袖擦。她的衣服多旧啊，仿佛洗了千水万水，单薄得几乎透明，布色已经褪尽，皱褶巴巴的了。

他从口袋里掏出两张百元钞，塞给她，她不要，吸着鼻气，挥着小手，然后道着再见，倒退着。这时，他看见了一张苹果脸，绯红绯红的，嫩白嫩白的，在绿的大海前，在腥的海风中。那不是十几年前的雪静吗？只是眼前的雪静小了些，并且，少了些娇气，多了些清纯罢了。

孩子到那边拾贝去了。他把掏出来的钱又带了回去。也许，他不该掏钱，他忽而感到自己的卑污，那是久于人世的难以自清的卑污，那是早就惯以为常而本以为人世仿佛也就如此的卑污，它被一个小姑娘拒绝了，它不幸在一个小姑娘面前裸裸现形了。是的，它不应该也不能玷污一个纯洁灵魂，不能玷污的，不能玷污的！海浪向海滩吐着白沫，小姑娘在岸边弓身拾贝，愈走愈远，她拾在手心里的不正是一份弥足珍贵的恒久的纯洁吗？

她应该有新的生活，为雪静所未经生活过的。

忽而想到雪静还在手制的神佛面前祈拜，可是，神佛能使时光倒流吗？神佛能还她以错过的爱情吗？

也许，在人的一生中，真正的爱情只能有一次，当真正的爱情排山倒海地到来时，谁也无法阻挡，谁也无法抗拒，这个，鱼鳞洲这个爱情洲不是已经用两个年轻美丽的生命悲壮的证明了吗？也许，为了太多的附加条件，为了太多尘世的俗欲，我们愿意出卖爱情，愿意使爱情变轨，但是，纯纯爱情在变轨失真后，那种夹在中间的附加条件就会膨胀，那种尘世的俗欲就会飙升，以至于最终使两个人隔离，使两个人谁也看不到谁的心，谁也厌恶谁的心。这不就昭示着爱情走到末路，婚姻面临崩溃了吗？

小女孩走远了。这里只剩海浪声声。有海鸥掠过天空。仰望鱼鳞山，有层层叠叠的鱼鳞石为远古的曾经作证，高高的山巅上一座航标灯直插云天，为北部湾的航船引航，为几度迷茫的浮华尘世之爱引航。回身面海，通往南海的北部湾如怨如诉，韩其心的心也如大海一样澎湃不息。文芳姗姗而来，韩其心心情沉重的牵着她的手，走出这片伤情的土地。

第五节　一家人上街

天亮了。

早晨的太阳探出红彤彤的脸，路边小草腰姿柔曼，有小鸟在树上轻唱。地上也有"一只"轻哼的，一会儿牵着爸爸的手，一会儿拉着妈妈的手，从这条洒满金色霞光的大道上蹦蹦跳跳地走去。今天是"这只小鸟"的生日，一家人起了个早，要上街给"这只小鸟"买礼物食物置办生日宴。

还不到八点，街上已经热闹，穿梭的车辆、来往的行人显示着街市的繁华。小坤坤一路仰头张望着鳞次栉比的高楼大厦，他们一家要去万福隆大厦。

八所的建筑从商业、银行、学校、医院、宾馆、酒家到大小宅楼，多采用现代主义建筑风格，这类建筑摒弃了古典主义繁复浮华的装饰，简化了线条，造型简洁明朗。但是，因为过于追求经济实用，架构确实简单，缺乏城市个性。万福隆商厦一定程度弥补了这方面的不足，她以她的典雅与时尚的英姿坐落在八所城中心，成为从众多建筑组群中脱颖出来的东方市商厦的标志性建筑。

"到了，到了。"坤坤指着大厦嚷，一边甩开爸爸的手欢蹦乱跳。

果然，面前不远呈现一座庞大的建筑，回环的层楼上一片硕大的屋瓦状水泥板飞架在正前方间而未间、隔而未隔的层楼与层楼之巅，成为万福隆商厦东南通道的篷顶。沿着这条通道进去，两侧是连排的商品房，再往北行过百米一回身，大厦的正面便在目前。整座大厦q形布局,与四合院布局不大相像。但见楼体线条曲直有致,白色墙面被切割成大小不等的块状,与楼墙的垛子,楼顶的柱成方形、柱成葡萄架、"美丽太阳伞"等装饰形成一种和谐而高雅的气质。

从主楼正门进去,文芳把手提包寄存在储物柜,然后推个手推购物专车在商品陈列柜前逛。韩其心跟着手推车,时不时问一旁的坤坤要什么——今天坤坤就是要飞机大炮他也舍得起钱。坤坤东看看,西看看,什么也没说要,只是小鸟一样飞来飞去。在这只小鸟心里,给他的是飞机还是一颗糖都无所谓的,他更在意的是父母给他送礼物。

"秃子王八,秃子王八。你是秃子王八,看我收拾你!"购物出来,忽然听到有人嚷,周围的行人都驻了足:却是一个蓬头垢面、衣衫褴褛的老头儿指着一个秃子骂。那秃子不是当官的,也不是秃子王八,大约被骂得羞了就拔腿溜了。那老头却就一路走一路骂。

你道那老头是谁?却是水妹的爹。女儿悬梁老伴哭死后他便不正常,见着秃子就"秃子王八,秃子王八"的骂,"他现在只有一个事儿,就是满街的骂秃子王八,特别是见到秃子。"有人说。

"他疯了。"韩其心想。他正用一个疯子的方式向阴曹地府的他的女儿和老伴传达着他的爱,向这个世界宣泄着他的恨。

"他真的疯了。"韩其心又想。他以他的发疯的爱发疯的恨横过这个世界。人们给他让道。他成了孤独的行者,犹如沙漠里踽踽独行的行僧。

太阳增强了它的光和热。

"秃子王八,秃子王八……"声音就在前面。

抬头张望，见那疯子还在踽踽独行，他的骂声湮没在城市的喧嚣中。这世界于他应该是一片沙漠，眼前的每一粒沙都光秃秃的，他骂得过来吗？他要走尽沙漠吗？他走得渴吗？累吗？饿吗？有谁给过他一口水，一碗饭吗？

　　他远了，越走越远，越走越小，然后拐过街角消失了，那是太阳升起的地方……

坟头插花（11）

　　今夜有梦，梦里一座坟，坟上一朵花，很小，可是很美。

2010 年 8 月